KB209947

명랑소녀,
자본주의에서
살아남기

일러두기

이 책은 가상의 이야기입니다. 이야기에 나오는 브랜드명, 지역명 그리고 인물명 등은 실제와 아무 관련이 없습니다. 실제와 비슷한 점이 있더라도 이는 우연임을 밝힙니다.

명랑소녀, 자본주의에서 살아남기

봄마중 청소년숲

안예원 지음

봄마중

차례

프롤로그

여보, 우리 이사 가자.

불편하더라도 당분간 저 낡은 집에서 사는 것이 좋겠어.

머니도 부족한 것이 있어야 스스로 채우면서 성장하지.

나도 몽클레어 갖고 싶어

"유머니! 일어나!"

이른 새벽부터 나를 깨우는 엄마의 목소리에 눈을 떴다. 어젯밤 나는 계속 뒤척이다가 새벽 1시가 되어서야 잠이 들었다. 왜냐고? 오늘은 중학교에 가는 첫날이기 때문이다. 거울 속에 교복을 입은 내 모습이 낯설었다. 엄마는 지난 겨울방학 동안 나에게 스무 번 정도 말했다. 이제 초딩 때의 습관을 버리고, 어엿한 '학생'으로 행동해야 한다고. 나도 안다. 이제 나는 매일매일 교복을 입고, 늘어난 수업시간 동안 얌전히 교실에 앉아 내신 공부를 해야 한다는 걸. 이제 부모님도 나를 중학생으로 존중해 주면 좋겠다.

아침 메뉴는 내가 좋아하는 소고기뭇국이었다. 오늘도 어김없이 '음식을 남기면 안 된다'는 취지의 아빠의 잔소리가 시작되었다. 이미 익숙해진 나는 잔소리를 BGM 삼아 바닥까지 긁어먹고 집을 나섰다. 8시쯤 교실에 들어갔더니 내가 1등이었다. 약간 졸리긴 하지만 집보다는 역시 학교에 와 있는 게 낫다. 밀린 영어학원 숙제나 해야지.

그때 문이 열렸다. 윤이 나는 패딩을 입은 여자 아이들 세 명이 교실로 들어왔다. 셋 다 어쩌면 키도 그리 큰 지, 서 있으면 내가 올려다 봐야 할 판이었다. 그중 한 명은 나랑 같은 초등학교를 나오고, 4학년 때부터 계속 같은 반이었던 아이다. 여기서 또 만나네. 이름은 송지아. 지아는 예쁘고 성격도 활발해 인기가 아주 많다. 거기다가 항상 명품 옷에 고급 신발을 신고, 최신폰이 나오자마자 학교에 들고 온다. 그래서인지 지아와 친해지고 싶어 하는 친구들이 많다. 지아는 내가 입은 패딩을 흘깃 보더니 고개를 쓱 돌렸다. 아마 내가 초등학교 4학년 때부터 입던 헤진 패딩을 입고 중학교까지 온 것이 놀라운가 보다.

"얘들아, 나 아이폰26 샀다! 이거 어제 나온 거야."

지아는 옆에 앉은 세진이와 유나에게 새로 산 폰을 보여주었다.

"디자인이 더 깔끔해졌네? 좋겠다. 나도 이번 생일에 아

새학기
새출발
시간표
1.
2.
3.

빠한테 사달라고 해야지! 아참, 너네 오늘 우리 집 파자마 파티에 올 거지?"

세진이가 반짝이는 파우치에서 립밤을 꺼내 바르며 말했다.

"당연하지. 나는 지난 주말에 백화점에서 잠옷도 새로 사 놨다고."

"나도 갈 수 있어. 지아는 좋겠다! 나는 아직 아이폰25인데……."

유나가 지아의 폰을 부러운 듯 쳐다보며 말했다.

"엄마한테 새로 사달라고 그래. 그거 작년에 사서 벌써 1년이 넘었잖아. 26은 셀카도 훨씬 예쁘게 나와. 난 아빠가 바꿔 줬어. 이거 AI필터로 찍으면 아이돌이랑 같이 찍은 것처럼 돼. 봐봐. 하나 둘 셋!"

지아는 두 친구와 함께 연신 셀카를 찍었다.

뻘쭘해진 나는 책상에 올려두었던 폰을 패딩 주머니에 넣으려는데 앗, 요란한 소리와 함께 폰이 바닥에 떨어지고 말았다. 삼총사는 슬쩍 돌아보더니 다시 자기들끼리 이야기를 계속했다. 내 폰은 3년 전 엄마가 쓰다가 물려 준 보급형이다. 창피한 마음에 나는 빨개진 얼굴로 재빨리 폰을 주워 주머니에 넣었다.

3월은 매우 중요한 시기다. 3월에 교실에서 만들어진 그룹은 보통 1년간 이어진다. 그래서 그룹 안에 끼지 못하면 1년 내내 급식시간에 혼자 밥을 먹고 쉬는 시간에도 혼자 자리에서 책이나 읽어야 한다. 문득 주머니 속의 고물폰이 내 중학교 생활에 방해물이 될지도 모른다는 생각이 들었다.

9시가 다 되어갈 무렵, 교실로 얼굴이 하얀 여자아이가 들어왔다. 깔끔한 검정색 패딩을 입고 있었는데 팔에 '몽클레어'라고 쓰인 로고가 선명했다. 브랜드는 잘 모르지만, 언뜻 봐도 삼총사가 입은 패딩보다 비싸 보였다. 여자아이는 '프라다'라고 써 있는 검정색 백팩을 내 앞자리에 올려놓았다. 슬쩍 명찰을 보니 '김새아'라고 적혀 있었다. 삼총사는 새아를 위아래로 살피면서 새아가 벗어놓은 패딩을 유심히 쳐다보았다. 그러더니 백화점에서 가장 비싼 명품 브랜드라고 속닥거렸다.

새아는 조심스럽게 내 앞자리에 앉았다. 그러고는 학원 숙제가 밀렸는지 영어 문제집을 꺼내 풀기 시작했다. 왠지 느낌이 좋은 아이였다. 어느 초등학교에서 왔냐고 말을 걸어볼까? 아니다. 그러다가 왜 그런 걸 묻냐고 하면 딱히 할 말이 없다. 나는 입을 다물었다.

잠시 후, 젊은 여자 선생님이 들어왔다. 담임선생님은 '사회' 과목 담당이라며 중학교에서 힘든 일이 있으면 언제든지 말해달라고 했다. 다행히 나의 중학교 첫 번째 담임선생님 운은 나쁘지 않은 것 같다. 선생님은 입학선물이라며 가정통신문 한 무더기를 나눠 줬다. 매년 느끼는 것이지만 이 많은 걸 진짜로 다 읽는 사람들이 있는지 궁금하다. 좋은 추억을 쌓아보자는 선생님의 인사와 함께 어느새 개학식이 끝났다.

집에 가는 길, 삼총사가 팔짱을 끼고 걸어가고 있는 것이 보였다. 나는 혼자 정문으로 걸어 나와 사거리에서 신호등을 기다렸다. 그때 누군가 내 어깨를 툭 건드렸다. 뒤돌아보니 새아가 서 있었다.

"너 우리 반이지?"

새아가 빙긋 웃으며 물었다.

"응. 아, 아까 네 뒤에 앉았어."

"나는 김새아야. 너도 집이 이쪽이구나. 어느 학교에서 왔어?"

"리치초. 나는 유머니야."

나는 괜히 부끄러워 신발로 바닥에 있는 보도블럭을 톡톡 건드렸다. 마침 신호등이 초록불로 바뀌었다. 새아와 나는 같이 큰길을 건넜다.

"난 이번에 전학 와서 아는 친구가 없어. 앞으로 집에 갈 때 같이 다니면 되겠다. 머니야. 잘 가."

"그래 좋아. 내일 보자."

나는 기쁨을 감추고 최대한 차분한 말투로 말했다. 어쩌면 생각보다 빠르게 베프가 생길지도 모른다는 생각이 들었다.

새아는 길 앞에 있는 커다란 아파트 단지로 들어갔다. 작년에 지어진 새 아파트인데, 멀리서 봐도 30층은 되어 보이는 화려한 건물이었다. 새아네 집은 엄청 돈이 많은가 보다. 나는 큰길을 건너고, 작은 길을 또 한 번 건너 오래된 빌라가 몰려 있는 주택가로 향했다. 얼마 전 눈이 와서 길이 아주 미끄러웠다. 우리 집이 있는 빌라 2층으로 올라가는 계단에도 눈이 남아 있었다. 조심조심 올라가다가 으악! 휘청 하고 미끄러질 뻔했지만 간신히 녹슨 난간을 붙잡아서 넘어지지 않았다.

나도 새아처럼 엘리베이터가 있는 멋진 아파트에 살면 얼마나 좋을까? 매일 계단을 오르면서 넘어질 걱정은 안 해도 될 텐데. 밤만 되면 술에 취한 아저씨들이 골목에서 욕을 섞어가며 큰 소리로 떠드는 걸 듣지 않아도 될 테고. 아저씨들의 고함소리에 잠에서 깬 적이 한두 번이 아니었다.

우리 집은 내가 유치원에 다닐 때 이 동네로 이사왔다. 너무 어렸을 때라 원래 살던 집은 잘 기억나지 않는다. 아빠의 사업이 어려워져 20평대 방 두 개짜리 빌라로 이사해야 한다는 엄마의 말만 언뜻 기억난다.

웬일인지 집안이 따뜻했다. 아마 손님이 왔나 보다. 우리 집은 바깥 온도가 영하로 내려갈 때만 보일러를 켠다. 아빠는 내가 춥다고 투덜거리기라도 하면 난방비 고지서를 보여 주며, 온도를 1도 올리려면 얼마의 돈이 드는지 정확하게 계산해 준다. 그러면서 나에게 두툼한 후리스를 건넨다.

하지만 손님이 오는 날은 다르다. 손님이 오면 아빠는 여유 있는 신사로 돌변한다. 날이 아주 춥지 않아도 보일러를 켜고, 엄마는 어디다 숨겨 놓았는지 볼 수도 없었던 고급

간식을 꺼내온다. 그래서 나는 집에 손님이 오는 것이 참 좋다.

양복을 입은 아저씨는 아빠와 돈에 관한 이야기를 나누고 있었다. 예전에 사업을 크게 해서인지 아빠에게 돈에 관한 조언을 들으려는 손님이 자주 방문했다. 아빠의 휴대폰은 늘 전화가 끊이지 않는데, 대화 내용을 살짝 들어보면 뭔가 사업에 관한 이야기 같았다. 하지만 나는 아빠가 차라리 그냥 평범한 회사원이었으면 하고 생각할 때가 많다. 그러면 매달 월급을 받을 것이고, 지금보다는 나은 집에 살지 않을까? 다른 친구들처럼 용돈도 넉넉히 받을 수 있고 말이다.

"우리 딸 왔구나! 머니야, 아빠는 삼촌이랑 이야기 좀 할게. 방에 들어가서 옷 갈아입어."

나는 최대한 예의 바르게 고개를 숙여 인사를 했다. 경험상 이럴 때 인사를 잘하면 나중에 과자라도 하나 더 얻어먹는다. 식탁에 놓인 타르트 하나를 살짝 들고 방에 들어가는데, 금방 이야기가 끝났는지 거실에서 일어나는 소리가 들렸다.

"사장님, 덕분에 큰 자산을 지켰네요. 감사합니다. 그런데 진짜 여기 계속 사시는 거예요?"

"이 집 생각보다 괜찮아. 그리고 부족한 것이 있어야 스스로 채우며 성장하는 법이지."

아저씨는 아빠에게 연신 고맙다고 인사를 하고는 나갔다. 그러자 아빠는 보일러를 바로 내리며 나에게 말했다.

"Winter is gone. 머니, 오늘 중학교 첫날인데 학교는 어땠어?"

"학교야 뭐 공부하는 덴데 다 똑같지."

나는 쿨하게 대답하며 남색 후리스를 챙겨 입고 거실로 나갔다.

"친구는 사귀었어?"

"아니. 배고파."

"짜짜라짜짜짜! 그럴 줄 알고 아빠가 짜장떡볶이를 해 놓았지!"

아빠는 주방으로 가서 짜장떡볶이를 데웠다. 떡볶이에 만두와 튀김이 들어 있었다. 나는 삶은 달걀을 넣은 떡볶이를 좋아하지만, 오늘은 달걀이 없다. 아빠에게 물어보면 분명히 달걀이 들어가면 몇백 원이 더 든다고 말할 거다. 뻔한 이야기를 듣고 싶지 않아 나는 그냥 떡볶이를 먹으며 물었다.

"아빠, 근데 몽클레어는 무슨 브랜드야?"

"이탈리아 브랜드야. 패딩계의 명품이라고 할 수 있지. 패딩 하나 사려면 한 200만 원은 있어야 할걸?"

역시 아빠는 사 주지는 않으면서도, 신기하게 모르는 브랜드가 없다. 특히 내가 물건의 가격을 물어보면 대부분 아주 정확하게 알고 있었다.

"나도 새 옷 입고 싶어. 나도 이제 중학생이니까 몽클레어는 아니더라도 제대로 된 학교생활을 하려면 새 옷이 필요하다고."

나는 튀김을 우적우적 씹으며 퉁명스럽게 말했다.

아빠 역시 내가 유치원에 다닐 때부터 입던 오래된 옷을 아직도 입고 다닌다. 내가 옷이 없다고 징징거리면 재빨리 당근을 검색해 나눔으로 내놓은 옷들을 가져오며 "이거 원래는 20만 원짜리야. 아빠가 20만 원 금방 벌었지?"라고 말하며 해맑게 웃는다. 물론 아빠도 당근에서 몇천 원짜리 옷을 사 올 때도 있다. 그런 옷은 대부분 공짜 옷보다는 상태가 좋긴 하다. 나는 아빠의 정성을 생각해서 애써 마음에 드는 척한다.

하지만 나도 가끔은 백화점에 진열된 예쁜 새 옷을 빳빳하게 각이 잡힌 쇼핑백에 콕 담아 오고 싶다. 평소에는 오래된 옷도 괜찮지만, 친구들을 만날 때 당근에서 산 옷을 입고 있으면 왠지 모르게 주눅이 들 때가 있다. 초등학교 고학년이 되면서부터 친구들도 은근히 브랜드 이야기를 많이 한다. 그래서 비싼 옷을 하나쯤 갖고 있어야 하지 않을까 싶다.

아빠는 지금은 돈이 없어 사지 못하지만, 내가 나중에 돈을 많이 벌면 좋은 옷을 입을 기회가 많을 거라고 한다. 칫. 나는 지금 당장 비싼 옷을 입고 친구들에게 자랑하고 싶은데 아빠는 내 마음을 모르는 것 같다. 솔직히 아빠가 그렇게 돈에 대해 잘 알면 돈을 많이 벌어 더 좋은 아파트로 이사 가면 되지, 왜 허름한 빌라에 살면서 싸구려 옷만 입는지 모르겠다. 매번 내가 원하는 것을 말할 때마다 AI처럼 '그러려면 얼마가 있어야 해.'라고 금액을 말할 뿐이다.

나는 방에서 폰으로 몽클레어 패딩을 검색해 보았다. 정말 200만 원이 넘었다. 와우, 엄청 비싼 옷이구나. 침대에 벌렁 눕자, 행거에 걸린 나의 나이스 패딩이 보였다. 3년 전, 당근에서 무려 만 원이라는 거금을 주고 산 패딩이다. 처음에는 '나이키'인 줄 알고 신나서 샀는데, 자세히 보니 짝퉁인 '나이스'를 잘못 보고 산 것이다. 그래도 생각보다 따뜻하고 색깔도 남색이라 무난해서 좋아했는데. 오늘따라 유난히 초라해 보였다.

"머니야, 아빠랑 어디 좀 갈래?"

"나 피곤해. 어디?"

"백화점에 쇼핑하러 가자."

어라? 아빠가 갑자기 왜 이러지. 오래 살고 볼 일이다. 아마 생각해 보니까 헌 옷만 입고 다니는 딸에게 미안한 마음이 들었나 보다. 나는 아빠의 마음이 바뀌기 전에 재빨리 낡은 패딩을 걸치고 현관으로 나왔다. 아빠는 안 쓰는 전기 코드를 다 뽑고, 집 안의 불이 다 꺼진 것을 확인한 뒤 나를 따라 나왔다.

나는 아빠와 2호선을 타고, 몇 정류장을 지나 내렸다. 계절이 바뀔 때라서 쇼핑 대목인 건지, 지하철의 그 많던 사람들이 한꺼번에 백화점 쪽으로 향했다. 나는 아빠의 손을 꼭 잡고 백화점으로 연결된 1번 출구로 나갔다.

백화점 지하로 들어서자 맛있는 냄새가 풍겨 왔다. 지하 1층에는 내가 좋아하는 몽블랑 치즈 타르트와 수제 스테이크 버거, 유기농 아이스크림, 밤 티라미수 케이크 등이 진열되어 있었다. 백화점에 올 줄 알았으면 점심을 먹지 말걸 하는 생각이 들었다.

고급스러운 디저트를 구경하다가 아빠의 손에 이끌려 에스컬레이터를 타고 3층으로 올라갔다. 나처럼 부모님과 쇼핑 온 아이들도 제법 있었다. 우리 반 삼총사나 새아도 매일 이런 데 와서 쇼핑하겠지? 그때 아빠가 나에게 카드 하나를 내밀었다.

"이게 뭐야?"

"체크카드."

"이번 달 남은 생활비 190만 원이 들어 있어. 아빠가 오늘 이걸로 네 옷 사 줄게."

"생활비가 뭐야?"

"우리 가족이 생활하는 데 드는 돈이지. 네가 입는 옷, 먹는 음식, 전기료, 가스비, 휴대폰 요금, 교통비, 학원비, 병원비, 보험료 등을 다 생활비 안에서 써야 하는 거야."

"이 돈으로 언제까지 살아야 하는데?"

"3월 31일까지."

"그럼 그 전에 돈을 다 쓰면 어떻게 되는데?"

"굶어야지 뭐. 이 돈으로 사고 싶은 것 마음껏 사면 돼. 자, 우리 쇼핑하러 가자. 아참, 이것도 확인하고."

아빠는 나에게 폰으로 지난달 가계부를 캡처한 사진을 보여 주었다.

잔액은 5만 원 남짓이었다.

"뭐야, 5만 원밖에 없잖아!"

"앗, 그런가? 몰랐네. 할 수 없지. 기분전환이나 할 겸 둘러보기라도 하자."

아빠는 정말로 몰랐다는 듯한 눈으로 나를 보며 말했다. 가끔 보면 아빠는 참 대책이 없다. 어쩐지 아빠가 백화점에 가자고 할 때부터 이상하다 싶었다.

우리는 에스컬레이터를 타고 다시 1층으로 내려갔다. 1층에서는 양복을 입은 키 큰 아저씨가 작은 종이를 나눠 주고 있었다. 아빠가 종이를 받고 냄새를 맡더니 나에게 넘겼다. 어딘가 고급스러운 향기가 났다. 나는 아빠 몰래 종이를 주머니에 넣었다. 이런 향기 말고도 백화점에는 좋은 냄새가 많이 났다. 깔끔한 검정색 재킷에 흰 셔츠를 입은 직원들이 손님을 맞이하고 있었다. 그중 몇몇 직원은 아빠를 보고 원래 알던 손님인 것처럼 반갑게 인사했다. 백화점에서 일하려면 저렇게 인사를 해야 하나 보다.

2층은 명품관이었다. 아빠와 나는 롤렉스, 루이비통, 샤넬, 구찌 등 명품 브랜드 코너를 지나갔다. 그런데 아까 새아 패딩에 있던 로고 '몽클레어'가 보였다. 내가 로고를 빤히 보고 있자 아빠가 어쩐 일인지 내 팔을 잡고 용감하게 매장으로 들어갔다. 출입구를 지나자 색다른 향기가 났다. 웅장한 매장에는 고급스러운 패딩들이 여유 있게 간격을 두고 깔끔하게 걸려 있었다. 신발도 한 켤레씩 유리로 된 멋진 전시대에 놓여 있었다. 옷을 파는 매장이라기보다 뭔가 예술품이 전시된 미술관 같았다.

양복을 입은 직원이 다가오더니, 나와 아빠를 보고 미소를 보였다. 나는 괜히 돈도 없으면서 구경만 하는 마음이 들킬까 봐 조마조마했다.

"어서 오세요."

"네. 패딩 보러 왔어요."

"요즘 청소년들에게 가장 인기 있는 모델은 이거예요. 세련된 디자인에 고기능성 소재를 써서 따뜻하면서도 아주 가볍죠. 후드는 탈부착이 가능해서 다양하게 연출할 수 있고 클래식하면서도 트렌디한 모델입니다. 한 번 입어보셔도 되어요."

직원은 마네킹에 걸린 패딩을 가리키며 우리에게 말했다.

새아가 입은 패딩과 같은데 색깔만 다른 것이었다. 슬쩍 패딩을 들어 안에 있는 가격표를 봤다. 인터넷에 나온 대로 200만 원이었다. 나는 얼른 패딩에서 손을 떼었다. 이런 패딩을 입고 학교에 오다니 새아네 집은 엄청 부자인가 보다.

그때 저 멀리서 익숙한 얼굴이 보였다. 새아가 아빠로 보이는 사람과 손을 잡고 매장으로 들어왔다. 새아는 몽클레어 패딩을 입었고, 새아 아빠는 하늘색 스웨터에 청바지 차림이었다. 세련되고 깔끔해 보였다. 직원이 알은체를 하며 다가갔다. 아무래도 여기 단골인가보다.

"어서 오세요! 요즘 자주 들르시네요!"

"네. 이 패딩에 어울리는 신발을 사려고요."

"어? 머니야. 너도 옷 사러 왔구나?"

새아가 나를 발견했다.

"아, 안녕. 난 그냥 구경 왔어. 넌 신발 사러 왔나 봐?"

"응. 난 아빠랑 여기 자주 와. 내가 이 브랜드를 특히 좋아하거든."

"그렇구나. 난 여기 처음인데."

아빠끼리도 인사를 했다. 새아와 새아 아빠는 유리 진열장이 있는 신발 코너로 가서 몇 켤레 신어보더니 금방 마음을 정했는지 직원과 함께 신발 세 켤레를 다 들고 계산대로 갔다. 색깔이 비슷해 보이는 신발이었다. 한 켤레에 적어도 70만 원은 하는 신발을 세 켤레나? 새아 아빠는 직원에게 반짝이는 카드를 내밀었다.

"이번 시즌에 가장 잘 나가는 아이템이에요. 프랑스 디자이너가 친환경 소재로 올해의 컬러인 오션딥블루에서 영감을 받아 직접 디자인했죠. 색에서 바다의 깊은 물결이 느껴지죠? 나머지 두 제품은 우리 브랜드의 스테디셀러라 어디든 잘 어울리고요."

직원은 홈쇼핑에 나오는 호스트처럼 설명했다.

"사랑하는 우리 딸에게 사 주는 거니까요. 바다색 신발이 아닌 바다라도 사 주고 싶네요. 하하하!"

새아 아빠가 호탕하게 웃었다.

"네. 다음에 한정판 아이템이 나오면 제가 바로 연락드릴게요. 신용카드죠? 몇 개월로 해드릴까요?"

"6개월 할부요."

새아와 새아 아빠는 우리에게 손을 살짝 흔들며 인사하고는 매장을 나갔다. 나는 잠시 어물쩍거리다가 아빠와 함께 빈손으로 매장을 나왔다. 왠지 백화점 1층에는 내가 살 수 있는 패딩이 없을 것 같았다. 나는 아빠를 따라 2층으로 올라가는 에스컬레이터를 탔다.

"아빠, 신용카드랑 체크카드는 어떻게 달라?"

"체크카드는 지금 내 통장에 있는 돈을 빼서 쓰는 거고, 신용카드는 내 통장에 돈이 없어도 카드회사에서 대신 내고, 나중에 내 통장에서 그 돈을 갚는 거지."

"신용카드는 돈을 빌려서 사는 거네?"

"그런 셈이지."

아빠와 나는 2층에 내려 매장을 둘러봤다. 거의 다 남성복이었다. 우리는 3층으로 가는 에스컬레이터를 타기 위해 2층을 다시 한 바퀴 돌았다.

"할부는 뭐야?"

"돈을 여러 번 나눠서 갚는 거야. 예를 들어, 머니가 100만 원짜리 옷을 10개월 할부로 사려면 한 달에 얼마씩 내야 할까?"

"10만 원?"

"아니야. 매달 10만 원에다 남은 금액에 대한 이자도 내야 해."

"그럼 지금 당장 돈이 없어도 신용카드로 비싼 옷을 살 수 있는 거네?"

"그건 그렇지. 신용카드를 쓰면 사고 싶은 것을 바로 살 수 있지만, 그건 결국 미래에 쓸 돈을 미리 써버리는 거지."

"아빠는 신용카드 없어?"

"응. 예전에는 많이 썼는데, 지금은 없앴어."

"왜?"

"아빠도 예전에는 신용카드로 비싼 옷도 많이 사고, 해외여행도 다니고 그랬거든. 근데 어느 날 보니까 카드를 하도 많이 써서 카드값을 연체했더라고."

"연체가 뭔데?"

"통장에 남은 돈이 없어서 다음 달에 갚아야 하는 돈을 못 갚는 거지. 도서관에서 빌린 책 연체하는 거랑 비슷한 거야. 그래서 카드사에서는 빨리 돈을 갚으라고 계속 연락이 왔어. 하지만 돈이 없으니까 바로 갚기는 어려웠지."

"그래서 어떻게 되었는데?"

"연체된 돈에 이자가 붙고, 연체수수료까지 합해서 나중에는 쓴 돈보다 훨씬 많은 돈을 갚아야 했어. 원래는 100만 원에 5퍼센트 이자라서 105만 원을 갚아야 하는 거라면, 수수료에 연체이자까지 더해져서 나중에 한 150만 원 넘게 갚는 거랄까? 신용카드는 돈이 나중에 빠져나가니까 내가 얼마를 썼는지 알기가 어렵거든. 그래서 나도 모르게 돈을 계속 쓰게 되더라고. 그래서 카드를 없앴어."

"그래서 아빠가 브랜드를 많이 아는구나. 카드값을 안 갚으면 어떻게 되는데?"

"신용유의자가 되겠지. 신용유의자는 '신용상태가 위험한 사람'이라는 거야. 그렇게 되면 경제적으로 못 믿을 사람이 되기 때문에 은행과 거래도 어렵고, 직장에 다닐 때나 사회생활을 할 때 어려움이 많아져."

"그렇구나. 어쨌든 그러면 나는 돈을 빌려야만 저 옷을 살 수 있다는 거네?"

"그렇지. 네가 돈을 벌면 빌리지 않고도 살 수 있겠지."

패딩을 살 수 없어 실망스러웠지만, 아빠의 과거를 듣자 지금 있는 돈으로 살 수 있는 패딩을 찾아야겠다는 생각이 들었다.

"다른 매장 가 볼까?"

"응."

아빠와 나는 3층으로 올라갔다. 몽클레어만큼은 아니지만 예쁜 옷들이 전시되어 있었다. 모자가 달린 빨간색 패딩이 눈에 들어왔다. 점원이 다른 손님을 응대하는 사이, 나는 패딩에 손을 넣어 안에 있는 가격표를 살짝 봤다. 21만 원. 몽클레어보다는 훨씬 싸지만, 역시 예산 밖이었다. 다시 5층으로 올라갔다. 70% 할인하는 이벤트 매장이 있었다. 프로스포츠 패딩이 6만 9천 원이었다. 재작년에 팔다가 남은 상품이라고 했다.

"그냥 다음에 사자."

"왜?"

"돈도 없으면서 뭘 사."

나는 살짝 불만 섞인 목소리로 말했다.

"에잇, 딸. 아빠가 미안하네. 대신 특별히 지하에서 요거트 아이스크림 사 줄게."

한 컵에 5천 원이나 하는 요거트 아이스크림은 아주 맛있었다. 동네 마트에서 파는 하드와는 격이 다르게 부드럽고 고소했다. 물론 아이스크림 때문에 속상한 마음이 풀린 것은 아니었다. 막상 아빠가 미안하다고 하니까, 괜히 내가 철없는 아이가 된 것 같은 기분이 들었을 뿐이다.

우리는 백화점을 나와 집으로 향했다. 아빠는 집 앞 시장에서 콩나물 한 봉지를 샀다. 왠지 이번에도 아빠의 시나리오대로 된 것 같다.

공짜는 없다

옷을 못 사서 그런지 더 피곤했다. 나는 침대에 누워 같은 반이 된 친구들의 인스타를 살펴봤다. 지아가 구찌 신발을 언박싱하는 릴스를 올렸는데 '좋아요'가 엄청 많이 달렸다. 세진이, 유나, 지아가 파자마 파티를 하며 아이폰26으로 찍은 영상도 있었다. 확실히 화질이 좋아 보였다.

에휴. 죄다 돈이 필요한 것들이다. 나는 브랜드 옷도 없고, 폰도 구닥다리다. 거기다가 파자마 파티를 하고 싶어도 아파트도 아닌 우리 집에 친구들을 초대하기가 부끄럽다. 게다가 나는 성격도 지아처럼 활발하지 않은데, 과연 올 한 해 중학교 생활을 잘할 수 있을까?

그때 아빠가 부르는 소리가 들렸다.

"머니야! 아빠 휴지 좀 갖다 줘. 화장실에 휴지가 없네."

나는 창고에서 두루마리 휴지를 꺼내 화장실 문 사이로 아빠에게 넘겨 주고는 소파에 앉았다. 아빠는 잠시 뒤 화장실에서 나오며 씩 웃었다.

"아~ 우리 딸 없었으면 난감할 뻔했네. 하하하. 고마워. 그나저나 우리 머니 패딩을 못 사서 어떡하지? 아빠는 정말 좋은 걸로 하나 장만해 주고 싶었는데……."

흥. 아빠가 진짜로 내 마음을 알았다면 어떻게든 패딩을 사 줬을 것이다. 아빠는 내 눈치를 살피더니 물었다.

"머니야, 그럼 너 알바 할래?•"

"알바?"

"어. 네가 돈이 없으니까 사고 싶은 것을 못 사는 거잖아. 머니가 직접 돈을 벌어서 옷도 사고, 콘서트도 마음껏 보러 다니면 되잖아. 아빠가 특별히 일자리 하나 소개해 줄게. 어때?"

또 복잡한 일이다. 나도 가끔은 다른 친구들처럼 부모님이 그냥 용돈을 팍팍 줬으면 좋겠다. 하지만 역시 우리 집

• 우리나라에서는 15세 미만(중학교에 재학 중인 18세 미만의 청소년 포함)인 사람이 근로자로 일할 수 없다. 다만, 13세 이상 청소년은 친권자, 학교장 동의가 있는 경우에 취직인허증을 발급받고 알바가 가능하다. 법이 청소년의 안전과 학습권을 보장하기 때문이다.

은 그냥 주는 법이 없다. 그래도 내가 직접 돈을 벌면 명품 패딩도 사고 폰도 최신식으로 바꿀 수 있겠지?

"뭔데?"

"아빠 친구 중에 배달회사 사장님이 있거든. 평일에 하루 3시간씩 일하면 월급이 60만 원이래. 거기다가 배달 한 건당 천 원씩 배달수당도 준다고 하고. 아마 배달을 잘하면 수당이 더 많이 붙을 거야. 자전거 타고 다니면서 치킨이나 피자 같은 음식을 배달하는 거야."

"그냥 나도 매달 용돈으로 주면 안 돼?"

"내가 너한테 왜 돈을 줘야 하는데?"

"그거야…… 음……."

뜻밖의 반격에 나는 할 말이 없어 머뭇거렸다.

"당연히 안 되지. 세상에 공짜는 없어."

나는 재빨리 머리를 굴렸다.

한 달에 60만 원. 두 달이면 120만 원. 거기다가 배달수당까지? 나쁘지 않다. 잘 모으면 나도 금방 몽클레어 패딩을 살 수 있을지도 모른다. 거기다가 배달을 하는 동안에는 자연스럽게 학원을 빠지겠지? 손해 볼 것은 없다.

"알겠어. 한번 해보지 뭐."

"오우. 대단한데? 벌써 생산활동을 할 생각을 다 하고. 역시 우리 딸이 최고야!"

"생산?"

"응. 사람들한테 필요한 물건을 만들거나 서비스를 하는 게 생산이야. 생산자가 되어야 돈을 벌 수 있어. 아빠가 우선 친구한테 전화해 보고 올게."

아빠는 부엌으로 가서 한참을 통화하더니 소파에 누워 있는 나에게 왔다.

"머니야, 아저씨가 오늘 보자네. 지금 같이 가보자."

우리 집에서 5분 정도 걸어가자, 6층짜리 붉은 벽돌로 된 건물이 나왔다. 건물에는 '배달의 만족'이라고 적힌 커다란 간판이 있었다. 사무실은 생각보다 아담했다. 안쪽에서는 몇몇 젊은 어른들이 유리로 된 방 안에서 커피를 마시며 노트북으로 작업을 하고 있었다. 그때 아이패드를 든 아저씨가 들어왔다. 아저씨는 흰바지에 가죽자켓을 입고 있었다.

"헬로우?"

"봉만아. 잘 지냈지? 여기는 내 딸 머니, 머니야 인사해. 아빠 친구 봉만 아저씨야."

"네가 머니구나? 만나서 반갑다. 그럼 평일 오후 5시부터 8시까지, 시간 괜찮니?"

오예! 딱 영어학원 시간이다. 나는 아빠가 다른 시간으로 바꾸기 전에 바로 대답했다.

"네. 괜찮아요!"

"그럼 알바 하는 동안 영어학원은 당분간 미뤄야겠구나. 엄마한테는 아빠가 잘 말해 놓을게."

아빠가 선선히 말했다.

"그래. 오늘부터 바로 시작하자. 저기 있는 언니가 일하는 방법을 알려 줄 거야. 궁금한 것 있으면 물어봐. 참, 배달은 빠르고 정확해야 한다는 것을 기억하렴. 그런데 머니야, 학원 빠지니까 좋니?"

"네."

"돈 버는 것도 만만치 않을걸?"

"왜요?"

"학원은 머니가 돈을 내고 다니는 거고, 배달은 머니가 돈을 버는 거야. 돈을 벌 때는 책임감이랄까 하는 부담이 있지. 물론 학원도 빠지면 안 되지만, 중간에 하루 빠지면 엄마한테 조금 혼나고 말잖아. 그러나 배달할 때는 손님들이 돈을 냈기 때문에 실수가 있으면 크게 항의할 수 있어."

"네……."

"제일 중요한 건 안전이고. 손님들에게 높은 평점을 받으면 배달점수가 높아져 배달 콜을 우선으로 받을 수 있으니 열심히 해봐. 이 대리, 여기 신입 오리엔테이션 부탁해요."

아저씨는 옆에서 나를 유심히 지켜보던 젊은 언니에게 말했다. 나는 언니를 따라서 옆 사무실로 들어갔다. 배달 앱에 올릴 프로필 사진을 찍는다고 했다. 나는 최대한 친절해 보이도록 미소를 지었다. 치즈!

"이제 배달 앱에 머니가 배달원으로 정식 등록되었어. 간단하게 자기소개를 넣어야 하는데 뭐라고 적을래?"

"잘 모르겠는데요."

"그럼 기본으로 설정해 줄게. '빠르고 정확한 배달을 합니다.' 괜찮지?"

"네!"

배달 앱에 들어가 보니 내 프로필 사진이 보이고, 배달원 소개에 '빠르고 정확한 배달을 합니다'라고 적혀 있었다. 아직 배달기록이 없어 배달점수는 0점이었다. 여기서 손님이 높은 평점을 주면 내 배달점수가 올라간다. 최대 점수는 30점이다. 배달점수가 20점인 배달원도 있고, -5점인 배달원도 있었다. 배달점수가 높아지면 배달 콜도 쉽게 잡을 수 있다. 학교에서 시험 볼 때만 경쟁을 하는 줄 알았는데, 돈을 벌려고 해도 경쟁을 해야 하는구나.

배달하는 방법을 소개하자면 대충 이렇다.

1. 배달 앱에 콜이 뜨면 재빨리 버튼을 눌러 잡는다.

- 항상 콜이 뜨는지 잘 살펴봐야 한다. 특별한 사유 없이, 1시간 동안 배달 실적이 없으면 배달 점수가 내려간다.

2. 식당에서 음식을 확인하고, 주소지까지 배달한다.

- 조리 중이면, 영업에 방해되지 않게 식당 밖에서 기다린다.
- 국물이 흐르거나 음식이 망가지지 않도록 주의한다.

3. 주소지에 도착하면 요청사항을 반영해 배달을 끝낸다.

- 요즘은 벨을 누르지 말고 문 앞에 놓고 가달라는 손님들이 많다.

4. 손님은 배달을 받은 후 평점을 남긴다.

- 손님은 점수가 높은 배달원을 지정해서 배달을 받을 수도 있다.

5. 배달원은 월급 외에도 배달 한 건당 1천 원씩 배달수당(신입기준)을 받는다. 또 배달 점수가 1점 오르면, 배달수당도 100원씩 올

라간다. 배달점수가 최고점인 30점이 되면 배달수당은 한 건당 4천 원이 된다.

- 한 건의 배달을 할 때마다 음식점에서 '배달의 만족' 회사로 '배달 앱 이용료'가 1천 원씩 들어온다.

6. (복지혜택) 배달원이 집에서 '배달의 만족'을 통해 주문하면 배달료를 10% 할인 받아 음식을 시켜 먹을 수 있다.

배달 한 건당 1천 원씩 추가로 받기 때문에, 여러 건을 하는 것이 유리하다. 또 손님이 배달점수를 올려 주면 배달수당도 한 건당 최대 4천 원까지 올라가 더 많은 돈을 빠르게 벌 수 있다. 배달점수를 올리려면 아주 친절하게 배달하거나, 음식을 따뜻하게 배달해서 손님을 만족시켜야 한다. 생각보다 신경 쓸 게 많았다. 이게 아까 사장님이 말한 돈을 벌 때 느끼는 책임감일까? 어쨌든 그렇게 나도 월급쟁이 배달원이 되었다.

1층 자전거 보관소에는 '배달의 만족' 로고가 있는 자전거가 여러 대 놓여 있었다. 언니는 나에게 그중 크기가 조금 작은 자전거와 헬멧을 건네 주었다. 그리고 내가 최연소 배달원이라며 안전하게 배달하라고 응원해 줬다.

문 앞에서 기다리던 아빠는 나에게 장갑 하나를 슬쩍 건넸다. 미끄럼이 방지되는 배달용 장갑이었다.

"유 기사님, 데뷔 축하해! 이따가 집에서 봐!"

세상은 불공평해

첫 배달을 기다리며 나는 전투태세로 휴대폰만 뚫어져라 쳐다봤다. 그렇게 10분 정도 기다렸을까? 진동이 울려서 재빠르게 확인했더니 스팸 문자였다. 곧바로 다시 진동이 울렸다. 버튼을 바로 눌렀지만, 다른 배달원이 채 갔는지 사라졌다. 다음에는 제일 먼저 잡아야겠다고 두 주먹을 불끈 쥐고 5분 정도 더 기다리자 다른 콜이 떴다.

나는 게임으로 다져진 순발력을 발휘해 재빨리 버튼을 눌렀다. 성공! 엄마한테 혼나가며 몰래 했던 게임이 이렇게 내 인생에 도움이 될지는 몰랐다.

배달장소는 '서울시 성동구 가막동 31번지 지하 1층'

식당은 맛나분식. 우리 학교 앞에 있는 분식집이다. 5학년 때 전학 간 내 친구 이산이랑 자주 가던 곳이다. 이산이는 내가 1학년 때부터 가장 친하게 지내던 베프다. 하지만 작년에 먼 동네로 전학을 가버렸다.

한 가지 걱정은 배달하다가 반 아이들이나 선생님을 만날 수도 있다는 것이었다. 이럴 때를 대비해서 헬멧을 준 건가? 헬멧을 쓰면 다들 나를 못 알아보겠지? 나는 최대한 헬멧을 눌러쓰고 맛나분식으로 향했다.

"어서 오세요. 뭐 줄까?"

"저 배달 기산데요?"

"아, 기사님이구나. 아직 조리 중인데……."

분식집 아주머니는 나를 슬쩍 보더니 바쁜 듯 음식을 만들며 말했다.

"네. 밖에서 기다릴게요. 다 되면 알려 주세요."

5분 뒤, 아주머니가 나를 불렀다. 나는 떡볶이, 오뎅, 김밥 세트를 받아 자전거에 실었다.

이 동네에 7년을 살아서 웬만한 곳은 다 안다고 생각했는데, 막상 주소를 보니 잘 모르는 곳이었다.

내비가 알려 주는 대로 주택이 가득한 골목으로 들어섰다. 골목에는 사람이 별로 없었는데 길바닥에 담배꽁초가 많이 버려져 있었다. 거기다가 누가 구토한 흔적도 곳곳에

배달의 미소

보였다. 갑자기 그만두고 집으로 가고 싶은 생각이 들었다. 어쩌지? 게다가 가도가도 주소지를 찾을 수가 없었다. 19번지, 20번지…… 31번지가 나와야 하는데 막다른 길이었다. 허름한 집이 다닥다닥 붙어 있었고 길이 어두웠다. 이러다가는 누가 납치해도 아무도 모를 것 같았다.

나는 빛나는 패딩을 입은 미래의 나를 떠올리며 불안한 마음을 다잡았다. 주변을 살펴보니 저 멀리 30번지가 보였고 옆집이 31번지였다. 드디어 찾았다! 지하 1층으로 내려가자 집 앞에 유모차가 놓여 있었다. 낡은 현관문에는 '초인종 절대 금지!'라고 크게 적혀 있었다. 나는 최대한 조심스럽게 문을 두드렸다. 헝클어진 머리에 수염이 가득한 아저씨가 나와 음식을 받아갔다. 나는 어색하게 미소를 지으며 음식을 건넸다.

다음 배달을 잡기 위해 휴대폰을 보는데 저쪽에서 술에 취한 듯한 할아버지가 비틀대면서 걸어오고 있었다. 무서웠다. 나는 서둘러 자전거를 타고 도망쳤다. 아무튼 첫 배달을 무사히 성공했다.

어둑한 가막동을 빠져나와 길에서 다시 콜을 기다렸다. 1시간 안에 배달을 해야 하는데 콜이 안 오니 마음이 급했다. 15분 정도 기다리자 두 번째 콜이 떴다.

배달장소는 '서울시 성동구 한강더힐 109동 501호'

한강더힐은 예전에 연예인 골드머니가 사는 곳이라고 뉴스에서 본 적이 있다. 설마 골드머니를 만나는 것은 아니겠지? 혹시나 하는 기대감에 가슴이 뛰었다. 나는 서둘러 배달음식을 받으러 '럭셔리피자'로 갔다.

"슈퍼울트라하이퍼그레이트럭셔리피자 나왔습니다!"

나는 빨간색 박스에 깔끔하게 포장된 피자를 자전거에 싣고 한강더힐로 달렸다. 큰길을 따라 10분 정도 가자 높은 담벼락 안에 웅장한 건물이 여러 채 보였다. 여기가 말로만 듣던 한강더힐이다.

이곳에는 어떤 사람들이 살고 있을까? 정문에 서 있는 검정색 조끼를 입은 키 큰 아저씨가 나를 위아래로 살폈다. 아저씨는 영화에 나오는 특수 보안요원 같았다. 여기서는 납치당할 일은 없겠군. 자전거 바구니에 든 피자를 꺼내 배달주소를 보여 주자 들어가도 좋다고 했다.

109동을 찾기 위해 단지를 둘러봤다. 아까 갔던 주택가와는 다르게 고급스러운 건물들이 널찍이 거리를 두고 있었다. 안쪽에는 넓은 광장이 보였다. 광장 가운데는 멋진

분수가 뿜어져 나왔고, 양옆으로 하늘을 찌를 듯한 소나무가 정돈된 채로 길을 따라 서 있었다. 소나무 옆 벤치에서는 몇몇 어른들이 여유롭게 이야기를 나누는 중이었다. 분수 뒤로 가자 '노블레스 라운지'라고 적힌 유리 건물이 보였고, '골드클래스 영화관', '루프탑 수영장', '럭셔리 헬스장'이라고 적혀 있었다. 내 또래로 보이는 몇몇 아이들이 해맑게 장난을 치며 유리건물로 들어갔다.

신기한 게 너무 많아서 자꾸만 눈이 돌아갔다. 여기서 더 시간을 지체했다가는 아까 그 검정 조끼 아저씨가 쫓아낼 것 같아서 얼른 주위를 살펴 109동을 찾았다.

나는 공동현관문에서 인터폰으로 501호를 호출했다.

"피자 배달 왔습니다."

문이 열리고 1층 출입문을 무사히 통과했다. 대리석으로 된 복도를 지나니 엘리베이터가 이미 도착해 있었다. 금색으로 된 엘리베이터는 내 방보다 컸다. 5층에 도착해 벨을 누르자 은색 뿔테안경을 쓴 아저씨가 문을 열었다. 긴 현관 끝에는 커다란 미술 작품이 걸려 있었고, 안은 잘 보이지 않았지만 뭔가 아주 은은하면서도 안락한 느낌이 났다. 아저씨는 나를 보더니 두 손으로 피자를 받아 들었다.

"고맙습니다. 오늘은 학생이 배달을 왔네? 대단하네요."

"감사합니다."

아저씨는 현관 앞 테이블에 놓인 금색 초콜릿 상자를 가리키며, 나에게 먹고 싶은 만큼 듬뿍 가져가라고 했다. 금색 초콜릿 상자에는 다양한 색깔의 초콜릿이 가득 담겨 있었다. 나는 까레밀크부터 마다가스카르산 바닐라까지 모든 맛을 한 가지씩 조심스레 집어왔다. 초콜릿에는 말그림이 있고 '고디바, 벨기에'라고 써 있었다. 먹지는 않았지만 딱 봐도 엄청 고급스러운 맛이 날 것 같았다.

엘리베이터에서 내려 건물을 빠져나오려고 할 때 저 멀리 파란 캡 모자에 검정 선글라스를 쓴 남자가 걸어가고 있었다. 분명 골드머니였다. 심장이 쿵쿵 뛰었다. 저번에 지아가 부모님이랑 골드머니 콘서트에 다녀왔다고 자랑했는데 나는 더 가까이서 봤다고 자랑해야지. 골드머니를 따라 가보고 싶었지만 벌써 다른 동으로 사라졌다.

한강더힐을 빠져나와 시계를 보자 벌써 8시였다.

"다녀왔습니다."

"우리 딸 오늘 데뷔전은 어땠니?"

아빠가 달려나오면서 물었다.

"뭐 괜찮았어. 그런데 아빠, 나 오늘 골드머니 봤다!"

"골드머니? 나도 어제 음반 냈다고 티비에 나오는 거 봤는데. 어디서 봤어?"

"한강더힐에 배달 갔거든. 거기서 나오다가 봤어."

"오우. 우리 딸 비싼 동네까지 진출했구나. 어땠어?"

아빠는 내 패딩을 받아서 옷걸이에 가지런히 걸었다. 나는 너무 힘들어서 손도 안 씻고 거실 소파에 누웠다. 아빠는 포카칩을 들고 와 내 머리맡에 앉았다.

"처음 보는 게 많아서 눈이 계속 돌아갔어. 아예 다른 나라처럼 깨끗하고, 보안요원 아저씨가 지키고 있어서 안전해 보였어."

"왜 다른 데는 안 좋았어?"

"그전에 가막동 주택가에 있는 반지하로 배달을 갔는데, 술 취한 아저씨 때문에 허둥지둥 도망쳤지 뭐야."

"하하. 오늘 아주 다이나믹했네."

"응. 근데 누구는 멋진 동네에 살고, 누구는 허름한 동네에 사는 건 불공평한 거 아니야?"

"모든 사람이 좋은 집에서 풍요롭게 살면 좋지. 하지만 그건 불가능해."

"왜?"

"좋은 집이나 비싼 물건은 한정되어 있으니까. 사람이 사는 모습에도 차이는 생길 수밖에 없어."

"그럼 다 똑같이 나눠 가지면 안 되나?"

"자, 머니가 한 달 동안 배달해서 100만 원을 벌었어. 친구는 게임만 하고 있었고. 그런데 그 돈을 누가 가져가서 친구랑 너한테 50만 원씩 똑같이 나눠 준다고 해봐. 어떨 것 같아?"

"아. 생각만 해도 화나네. 다음부터는 그냥 일 안 하고 50만 원 받는 게 낫지."

"그렇지? 똑같이 나눈다고 반드시 공평한 것은 아니야. 뭐든 똑같이 나눠 버리면 사람들이 열심히 일할 생각을 하지 않겠지."

"그건 그렇지……."

"우리는 자본주의에 살고 있잖아. 자본주의의 기본은 각자 가진 재산을 인정하는 거야. 머니가 자유롭게 능력을 발휘하면, 원하는 만큼 돈을 벌 수 있어. 그리고 번 돈으로 브랜드 옷이든 아이폰이든 원하는 것을 자유롭게 사서 가질 수 있지. 또 나중에는 직접 건물을 사서 배달 회사를 차리고 돈을 더 벌 수도 있어. 그 재산은 다른 사람이 함부로 빼앗을 수 없지."

"그건 당연하지. 그게 아닌 나라도 있어?"

"응. 사회주의• 국가에서는 능력을 발휘한다고 해서 원하는 만큼 재산을 다 가질 수는 없어. 경제활동을 국가에서 통제하기 때문에 마음대로 돈을 벌 거나, 원하는 물건을 자유롭게 사지는 못 해. 특히, 머니가 건물과 같은 생산수단을 사서 돈을 더 벌 수는 없지. 대신 음식이나 물건이 필요할 때 국가에서 다른 사람들과 똑같이 배급받아. 그러면 사람들이 열심히 일하지는 않겠지? 어차피 돈을 벌어봤자 원하는 걸 가질 수도 없고, 배급받는 건 비슷하니까.

그렇게 우리나라에서는 사람들이 자유롭게 각자 재산을 늘리기 위해 노력해. 그러면서 혁신이 일어나고, 경제가 발전하는 거야. 머니가 알바를 해서 돈을 모으려는 이유는 멋진 패딩을 갖기 위한 거잖아. 손님들도 약간의 배달비를 더

• 사회주의 나라에서 사유재산을 아예 가질 수 없는 것은 아니다. 개인이 소유하는 것을 사회에서 엄격히 제한하고, 공장(땅)과 같은 생산수단을 개인이 가질 수 없다는 것이 자본주의와의 차이다. 또 본질적으로 평등을 추구하기 때문에 성과에 따른 차이가 적고, 경제활동이 국가의 계획 아래 통제된다. 배급이 끊기면서 북한에서도 장마당(시장)이 확대되고, 돈주(신흥 자본가)가 나타나는 등 변화가 나타나고 있다.

내면 편하게 집에서 음식을 먹을 수 있지. 이렇게 더 좋은 상품이 나오고 서비스가 생기는 거야."

"그럼 가난한 사람은 왜 생겨?"

나는 포카칩이 먹고 싶었지만, 손을 씻지 않아서 꾹 참고 물었다.

"머니처럼 열심히 배달을 하거나 자신의 일을 해서 재산을 많이 모으는 사람도 있지. 하지만 그렇지 못한 사람들도 있을 거야. 누가 그럴 것 같아?"

"돈을 벌려는 노력을 하지 않은 사람들이겠지 뭐."

"그래. 돈을 벌려는 노력을 하지 않으면 가난해지겠지. 그렇지만 아닌 경우도 있어. 교통사고로 몸을 크게 다치거나, 집에 환자가 있어서 하루종일 보살펴야 하는 경우 등 누구에게나 찾아올 수 있는 재해 같은 상황도 있거든. 그때는 노력을 해도 일을 하기 어렵기 때문에 재산을 모으는 데는 한계가 있지. 그래서 국가의 도움이 필요한 거고. 또 돈이 아닌 다른 가치를 추구하는 사람들도 있어. 그러니까 함부로 판단해서는 안 돼."

아빠가 포카칩을 와사삭 씹으며 말했다.

"하지만 분명한 것은 긍정적인 자세로 한 가지 일에 정성껏 에너지를 쏟아 넣어야 부자가 될 수 있다는 거야. 아빠 친구 중에 부자는 다 그런 사람들이야."

"그럼 나도 열심히 하면 돈을 많이 벌 수 있어?"

"물론이지. 머니가 돈을 버는 원리를 이해하고, 시간을 투자하면 충분히 가능하지."

"돈이 많으면 어떤 게 좋은데?"

"돈이 없으면 어떤 게 어려울까?"

"그건 내가 아주 잘 알아. 겨울에 마음대로 보일러도 못 틀고, 전기도 못 쓰고, 휴대폰도 못 쓰지. 거기다가 새 옷이나 맛있는 음식도 마음껏 못 사고. 우리 집처럼."

나는 아빠에게 은근히 그동안 쌓인 불만을 드러냈다.

"하하. 머니야, 돈이 많이 없어서 미안해."

아빠는 마지막 남은 포카칩을 탈탈 털어 넣으며 말했다. 아빠가 미안하다고 하니까 막상 뭐라고 대꾸해야 할지 모르겠다. 그런데 이상한 점은 아빠의 눈에서 슬픔보다는 여유가 느껴졌다는 것이다. 저 여유는 어디서 오는 걸까? 아무래도 아빠는 타고난 자존감이 높은 사람인 것 같다.

"우리는 돈으로 많은 문제를 해결할 수 있어. 평소에는 돈을 쓰는 거라고 생각도 못 하지만, 대부분의 일에 돈이 필요해. 냉장고, 세탁기, 청소기를 돌리려면 전기료가 들고, 마트에서 음식을 사려고 해도 돈이 들고. 아프면 병원비가 들고. 돈이 있어야 그런 기본적인 문제를 해결할 수 있지. 그런데 그거 말고도 돈이 있으면 좋은 점이 하나 더 있어."

"그게 뭔데?"

나는 진지해진 아빠의 얼굴을 보며 물었다.

"돈이 많으면 인생에서 선택할 수 있는 폭이 넓어져. 학교 앞 분식집부터 미슐랭 스타를 받은 고급 레스토랑까지 원하는 요리를 골라서 먹을 수 있고, 시장 옷부터 백화점 옷까지 원하는 옷을 입을 수도 있어. 또 세계에서 가고 싶은 나라를 골라 여행할 수 있고. 배우고 싶으면 세계 최고의 학교에서 유학을 할 수도 있지. 물론 실력이 뒷받침되어야 하지만."

"나도 돈을 많이 벌고 싶다고. 그런데 이 배달만으로는 월급이 너무 적어. 이렇게 벌어서는 돈도 벌기 전에 할머니가 될 것 같아."

"자자, 우선 머니가 최고의 배달 서비스를 제공하는 게 먼저야. 그러면 머니를 찾는 사람들이 늘어나거든. 대가는 자연스럽게 따라올 거야."

그건 또 맞다. 손님을 만족시키면 배달점수가 올라가고, 그만큼 배달수당도 올라가니까.

'어떻게 배달해야 손님을 만족시킬 수 있을까?'

하루종일 배달을 해서 몸이 피곤했는지, 고민을 좀 해보려고 했지만 침대에 눕자마자 곯아떨어지고 말았다.

돈을 버는 여러 가지 방법

학교가 끝나고 집에 오자 엄마가 식탁에 치즈폭탄샌드위치를 만들어놓았다. 역시 우리 엄마는 내 취향을 잘 안다. 내가 용돈폭탄을 좋아한다는 것도 알면 얼마나 좋을까? 알면서 모른 척하는 것 같기도 하다. 역시 치즈가 들어간 샌드위치는 정말 맛있었다. 1층으로 내려와 헬멧을 쓰고 자전거를 꺼냈다. 배달 앱을 켜니 마침 콜이 하나 떠 있어서 재빨리 잡는 데 성공했다.

배달장소는 '서울시 성동구 가막동 57번지 4층'

나는 '차이나야'로 가서 음식을 받았다. 오늘은 짬뽕이 있어서 국물이 흐르지 않도록 조심히 달려야 했다. 그래도 둘째 날이라 그런지 음식을 싣고 자전거를 타는 게 어제보다 쉬웠다.

가막시장을 지나 한참을 달리자 57번지가 보였다. 나는 음식을 들고 걸어서 4층으로 올라갔다. 어쩐지 콜이 빨리 잡힌다 했더니 배달지가 외곽에 있고 엘리베이터도 없어서였나 보다.

"딩동!"

"배달 왔습니다."

다크서클이 짙은 아주머니가 인상을 찌푸리며 나왔다. 예감이 불길했다. 아주머니는 음식을 휙 받아들더니 짜증을 잔뜩 실어 나에게 말했다.

"아니, 뭐 이렇게 오래 걸려요? 이거 봐. 국물이 다 식었네. 이럴 거면 배달비 안 내고 나가서 사 먹는 게 낫지."

아무래도 부부싸움이라도 한 모양이다.

'그러게요. 그러면 저도 이 먼 곳까지 안 와도 됐을 텐데요.'라는 말이 목구멍까지 올라왔다. 하지만 나는 프로 배달러다. 별것 아닌 말에 기죽기보다 내 몸값을 올리는데 집중할 거다. 나는 활짝 입꼬리를 올리며 말했다.

"죄송합니다. 다음에는 꼭 따뜻하게 가져올게요."

"내가 성격이 좋으니까 봐 주는 거예요."

정말이지 다시는 마주치고 싶지 않은 아주머니다. 돈을

벌려면 하고 싶은 말도 참아야 하나 보다. 올라오는 짜증을 달래며 계단을 내려가고 있는데 방금 그 아주머니가 따라 내려왔다.

"왜 그러세요? 뭐 빠진 게 있나요?"

"아니. 콜라를 잊어버리고 안 시켰네. 요 앞 편의점에 가서 하나 사오려고."

나는 자전거 바구니에 있는 배달가방을 물끄러미 쳐다보았다. 사무실에서 준 배달 가방인데 보온이 잘 안 되는 것 같다. 그때 어떤 꼬마가 핫팩을 들고 뛰어가는 것이 보였다.

저거다 핫팩.

나는 서둘러 가막시장에 있는 '다있소'로 들어갔다. 카운터에서는 몸집이 큰 아저씨가 물건을 정리하고 있었다.

"아저씨, 핫팩 있어요? 음식을 따뜻하게 배달하고 싶어서요."

"음식용 핫팩은 따로 없는데. 아, 그거 쓰면 되겠다."

아저씨는 창고로 가더니 아저씨 얼굴의 두 배만 한 핫팩을 가져왔다. 이렇게 큰 핫팩은 처음 본다.

"이게 딱 적당하겠다. 친환경 원료로 만든 거라서 안전해. 단단해서 터지지도 않고."

아저씨는 내 배달가방을 빤히 보며 핫팩을 건넸다.

"이거 얼마예요?"

"3천 원!"

"네. 감사합니다."

나는 지갑에 있는 돈을 탈탈 털어 아저씨에게 내밀었다. 그리고 배달가방의 바닥에 핫팩을 고정시켰다. 크기가 딱 맞았다. 정말이지 이렇게 기발한 아이디어를 생각해 낸 스스로가 대견하다.

나는 앱으로 들어가 나의 프로필을 수정했다.

'친환경 핫팩으로 따뜻한 음식 배달

배달음식 외에 편의점 물품 1개 추가로 픽업해 드립니다.'

내가 배달을 시킨다면 꼭 나같이 창의적인 배달원에게 음식을 주문할 거다. 따뜻한 치즈폭탄치킨에 편의점에서 소금우유볼까지 픽업해 달라고 하면 생각만 해도 환상적인 조합이다.

그래도 이틀간의 배달이 나쁘지 않았는지 배달점수가

0점에서 5점으로 올랐다. 헬멧을 쓰는 사이 '배달원 지정 콜'이 울렸다. '배달원 지정 콜'은 손님이 내 프로필을 보고 나를 선택해 배달을 받는 것이다. 프로필을 바꾼 효과가 바로 나타나다니 뿌듯했다. 아무래도 몽클레어를 입을 날이 얼마 남지 않은 것 같다.

배달장소는 '서울시 성동구 아크로팰리체 102동 705호'.

요청사항에는 'KU편의점에서 따뜻한 캔커피도 사다주세요.'라고 쓰여 있었다. 나는 '최고다김밥'에 가서 떡볶이, 김밥, 오뎅 세트를 받아들고, 바로 옆 편의점에서 따뜻한 캔커피를 사 배달가방에 넣었다. 아파트 정문을 지나자 102동이 바로 보였다. 엘리베이터를 타고 7층에 올라가 벨을 눌렀다.

"안녕하세요? 배달 왔습니다!"

문이 열렸다.

"주문하신 음식과 따뜻한 캔커피입니다."

"어머. 음식이 따뜻하네요. 픽업은 처음 받아보는 서비스인데 아주 편하고 좋네요. 오늘따라 캔커피를 먹고 싶었는데 추운 날이라 아기가 있어서 나가지 못했거든요. 정말 감사합니다."

배달을 시작하고 처음 듣는 칭찬이었다. 학원에서 공부할 때는 선생님들이 나를 공부시키려고 가짜 칭찬이라도 해 줬는데 돈을 버는 일이라 그런지 어른들이 칭찬을 잘 안 해 준다.

이 정도면 괜찮은 배달 서비스였겠지? 배달점수가 15점으로 올랐다. 손님이 최고평점을 남겨야만 배달점수가 10점 오른다. 방금 배달받은 아주머니가 최고평점을 남긴 것이다. 또 콜이 울렸다. 배달원 지정 콜이 네 개나 와 있었다. 나는 가장 가까운 곳의 배달 콜을 눌렀다.

배달장소는 '서울시 성동구 아크로팰리체 107동 2009호'. 같은 단지였다.

픽업장소는 바로 길 건너편 중국집. 요청사항은 'KU편의점에서 몽키초코볼 하나 사다주세요.'

가까운 곳에서 지정 콜이 오자 배달속도가 엄청 빨라졌다. 금방 10건을 처리했다. 나의 배달 점수는 30점. 최고점이었다. 배달 앱을 보니 30점짜리 배달원은 나 한 명뿐이었다. 이런 아이디어를 보고 혁신이라고 하나 보다. 이제 배달 한 건마다 배달수당을 4천 원씩 더 받을 수 있다.

지친 몸으로 집에 돌아오니 아빠가 거실에서 셔츠를 다리고 있었다.

"아빠, 나 오늘 배달 10건도 넘게 했어. 이것 봐봐!"

"와, 최고점. 축하해! 이렇게 공부했으면 진작에 올백 맞았겠다. 그런데 이게 뭐야? 편의점 픽업 서비스?"

"어떤 아주머니가 콜라를 안 시켜서 편의점에 가는 걸 보고 서비스로 만들었어."

"그거 괜찮은 방법이네. 핫팩은 또 뭔데?"

"그 아주머니가 나보고 음식이 식었다고 짜증을 냈거든. 그래서 넣고 다녔어. 고객이 만족해야 배달점수가 올라가고 수입도 느니까. 이제 배달수당이 많아져서 내일은 더 많이 벌 수 있을 것 같아."

"이렇게 아이디어를 내다니 놀라운데? 아빠가 말한 전략을 잘 써먹었어."

"무슨 전략?"

"어, 최고의 배달 서비스를 하는 방법만 생각하라고 했잖아."

역시 우리 아빠는 생색내는 데 남다른 재주가 있다.

"당연히 그 아주머니 때문에 기분은 나빴어. 그래도 꾹 참고, 방법을 찾아내길 잘한 것 같아."

"짜파구리를 끓이더라도 어떻게 하면 더 맛있게 할 수 있을까를 계속 고민하고 개선할 방법을 찾으면 더 맛있는 결과물이 나오지. 그런 사람은 계속 발전하게 되어 있어. 이런, 천만 원짜리 팁을 또 공짜로 알려줘 버렸네."

아빠가 다리미 코드를 뽑으며 말했다.

"얼마 벌었나 한 번 봐야겠다."

나는 오늘 실적을 확인하기 위해 앱을 열었다.

"많이 벌었네. 너네 회사에 배달원이 몇 명이나 되지?"

"한 30명?"

"그럼 사장님한테도 가게에서 앱 이용료가 꽤 들어왔겠구나."

아빠는 다린 셔츠를 한쪽으로 정리했다.

"그런데 왜 배달 한 건마다 앱 이용료를 내는 거야?"

"앱으로 배달하는 시스템을 만들었으니까. 사장님은 15년 전에 배달회사를 차렸어. 그때는 전화로 배달주문을 받았지. 그러다가 배달을 더 쉽게 하려고 연구해서 앱을 만든 거야. 손님들은 앱으로 쉽게 다양한 음식을 주문하고, 배달원도 앱으로 콜을 받을 수 있게 되었지. 그 대가로 지금까지 앱 이용료를 받는 거고. 그것뿐만 아니라 앱에 뜨는 광고로도 수익도 얻을걸?"

"와, 그렇게도 돈을 벌 수 있구나."

"그럼! 머니는 배달을 직접 한 대가로 돈을 버는 거고 사장님은 편리하게 배달하는 플랫폼을 만든 대가로 돈을 버는 거고. 돈을 버는 데는 여러 가지 방법이 있어. 엇? 벌써 10시가 다 되었네. 이제 자야겠다. 내일 학교 가야지."

깁스와 스테이크

다음 날, 나는 쉬는 시간에 어제 깜박한 수학 숙제를 하고 있었다. 카톡이 울렸다. 새아가 나와 용주 그리고 해진이를 카톡방에 초대한 것이다. 새아는 생일 파티를 하니까 집으로 놀러오라고 했다. 원래 새아 생일은 다음 주 화요일인데 그날은 사촌언니들이랑 '식스틴 콘서트'에 간다고 당겼다는 거다. 유튜브에서나 보던 식스틴을 직접 보러 가다니 정말 부러웠다.

생일 파티에 참석한다는 것은 반에서 정식으로 그룹이 결성되었다는 것을 의미한다. 다행히 올해 내가 우리 반에서 외톨이로 남지는 않을 것 같다. 해진이는 덕분에 수학학원을 빠지게 되었다며 신나서 날뛰었다. 나도 엄마에게 전화해 허락을 받아야지.

네 명이 같이 교문을 나서자 새아 엄마가 승용차에서 우리를 기다리고 있었다. 검정색 큰 차 가운데에는 금색 로고가 반짝이고 있었다. 언뜻 봐도 엄청 비싸 보였다.

"얘들아 반가워. 나는 새아 엄마야. 어서 타!"

넓고 푹신한 뒷자리에서 수다를 떨다보니 금세 새아네 집인 아크로팰리체 아파트에 도착했다. 정문 가운데에는 'security'라고 적힌 곳에 키 큰 아저씨들이 앉아서 CCTV를 살피고 있었다. 어딘가 익숙하다 했는데 그저께 내가 배달 왔던 아파트였다. 휴~ 배달 온 집이 새아네가 아니어서 천만다행이다.

지하주차장은 엄청 넓었다. 주차되어 있는 차들도 하나같이 크고 고급스러웠다. 엘리베이터를 타고 17층으로 올라가자 새아 아빠가 나와 우리를 맞이했다.

"어서 와! 새아 친구들! 우리 집에 온 걸 환영해. 아저씨가 풍선도 불어놓았어."

새아 아빠는 지난번에 백화점에서 봤을 때와 같은 옷을 입고 있었다. 새아 아빠는 친구들이랑 노래방 갈 때 쓰라고 새아에게 신용카드를 건넸다. 새아 아빠는 새아를 정말 사랑하나 보다.

집안에는 맛있는 냄새로 가득했다. 거실로 가는 길에는 레드카펫이 길게 깔려 있고, 거실에는 무지개색 풍선이 잔뜩 달려 있었다. 거실 큰 테이블 위에는 장미꽃과 금가루로 장식된 삼단케이크가 놓여 있었는데 거의 내 키만 했다. 저런 케이크는 도대체 어디서 파는 걸까? 케이크 말고도 스테이크, 랍스타, 바베큐, 양꼬치, 화덕피자, 생과일주스 등 온갖 음식이 화려하게 차려져 있었다. 호텔 셰프가 직접 만든 음식이라고 했다.

'우리 아빠도 이런 걸 한 번 보면 좋을 텐데…….'

나는 나도 모르게 중얼거렸다.

다 함께 생일축하 노래를 부르고 새아가 촛불을 껐다. 음식은 하나같이 맛있었다. 새아 생일이 매달 있으면 얼마나 좋을까? 디저트까지 다 먹으니 너무 배가 불렀다. 그래도 음식이 꽤 많이 남았다. 아빠가 있었다면 분명 남은 음식은 전부 다 포장해 달라고 했을 것이다.

그때 갑자기 경쾌한 음악이 울리면서 마술사가 등장했다. 마술사는 쓰고 있던 모자를 벗더니 빈 모자에서 장미꽃을 만들어 내고 계속해서 토끼, 원숭이와 같은 동물이 나오는 마술을 보여 주었다. 마술쇼가 끝나자 바이올린 연주단이 들어와 골드머니 노래를 바이올린 버전으로 들려 주었다. 노래가 끝날 무렵, 새아 아빠는 마술사와 연주단에게 흰 봉투를 건넸다. 봉투를 받은 마술사와 연주단은 공연을 본 우리보다 더 환한 미소를 지었다. 어쩌면 진짜 마술사는 돈이 아닐까 하는 생각이 들었다.

우리는 아파트 안에 있는 노래방으로 갔다. 푹신한 소파에 미러볼, 여러 개의 마이크, 고급 노래방 기계까지 없는 것이 없었다. 어른들 눈치 안 보고, 깔끔한 공간에서 우리끼리만 이렇게 실껏 뛰어놀 수 있다니. 우리는 목이 터져라 아이돌 노래를 불러댔다. 몇 시간 뒤, 얼얼한 목을 문지르며 나와 보니 아파트 안에는 노래방뿐만 아니라 수영장, 헬스장, 레스토랑 등 없는 것이 없었다.

이렇게 근사한 생일파티를 하고 또 콘서트까지 간다니, 생일을 마음껏 즐기는 새아가 부러웠다. 내가 이런 아파트에 살고, 콘서트에도 갈 수 있었다면 나의 음악 실력은 얼마나 탁월해졌을까? 휴.

아빠에게 말했다간 콘서트 티켓값과 노래방비를 직접 벌어오라고 할 게 뻔하다. 하지만 괜찮다. 나도 열심히 배달하며 월급을 모으면 되니까.

그때 아빠에게 전화가 왔다.

"헬로우, 우리 딸! 재미있게 놀았어?"

아빠는 천진난만한 목소리로 말했다.

"지금 새아네 집에서 생일파티 끝나고 나오는 길이야."

"아, 새아네 집이 어디랬지?"

"아크로펠리체 아파트."

"아이고. 우리 딸 좋은 집 구경도 하고 좋겠다. 그럼 이제 배달하러 갈 거야? 날이 아직 추우니까 장갑 꼭 끼고 다니고. 오늘은 길이 미끄러우니까 자전거 타지 말고 걸어가. 사랑해."

아빠도 나를 사랑하는 것은 분명하다. 우리는 언제 이런 아파트에 살 거냐고 물어보고 싶지만, 아빠가 속상해할까 봐 혀끝까지 올라온 말을 속으로 넣었다.

배달 앱을 켜 배달점수를 다시 확인했다. 최고점이기 때문에 노출이 많이 되어 콜도 여러 개씩 금방 잡히고, 배달수당도 금방 쌓여 돈 버는 속도가 빨라졌다. 이대로만 수익이 난다면 늦어도 두 달 안에는 패딩을 살 수 있을 것이다.

얼마 있으면, 중학교 첫 현장학습이 있다. 올해는 골드월드로 현장학습을 간다. 이번 현장학습에는 나도 꼭 반짝이는 새 옷을 입고 아이폰 27까지 들고 가야지. 그러면 친구들이 나를 좀 더 주목할 거다.

그러자면 배달수당을 천 원이라도 더 벌어야 하고, 서둘러야 하니 그냥 자전거로 배달하기로 했다. 헬멧을 쓰는데 바로 콜이 울렸다. 픽업장소는 서울바게뜨.

저 멀리 파란 간판의 서울바게뜨가 보였다. 빨리 픽업을 할 생각에 페달을 힘차게 밟았다. 앞에 신호등이 보여 브레이크를 잡으려는데 타이밍을 놓쳤다. 끼이익-

순간이지만 정신을 잃었던 것 같다. 일어나 보니 자전거는 저 앞 전봇대에 부딪혀 쓰러져 있고, 주변을 사람들이 에워싸고 있었다. 빨간 점퍼를 입은 아주머니가 내 다리를 붙잡고 괜찮냐고 물어봤다. 다리가 너무 아팠다. 태어나서 처음 느껴보는 아픔이었다. 나는 아주머니의 부축을 받아 근처 정형외과로 갔다. 어떻게 알고 왔는지 엄마, 아빠가 바로 병원으로 달려왔다.

"머니야!"

괜히 눈물이 나서 나는 아무 말도 하지 않았다. 내 차례가 되어 의사 선생님을 만나고 엑스레이를 찍었다.

"골절입니다. 심한 건 아니고 경미한 골절이에요. 그래도 당분간 깁스를 하고 있어야 해요. 아직 어리니까 한 달 정도면 뼈가 잘 붙을 거예요. 머니야, 그때까지 자전거를 타거나 뛰면 절대 안 된다. 그럼 일주일 뒤에 보자."

"피구도 안 돼요?"

"놉!"

의사 선생님의 표정이 단호박이었다.

처치실에서 오른쪽 다리에 깁스를 했다. 다리를 움직일 때마다 아팠다. 대기실로 나가자 나를 부축해 준 아주머니는 없었다. 병원비는 나중에 산재처리가 된다고 했다.

병원도 마감 시간인지 텅 비어 있었다. 접수대에서 간호사 언니 두 명이 서류정리를 하고 있었다.

"우리 딸, 괜찮니? 아주머니께는 아빠가 감사하다고 따로 인사드렸어. 여기까지 너를 도와준 사람이 있다는 게 얼마나 다행이니? 그 아주머니 아니었으면 정말 곤란할 뻔했어. 우리 머니는 그래도 운이 좋구나."

"뭐? 운이 좋다고? 이게 다 아빠 때문이야. 그냥 용돈으로 주면 될 것이지 왜 배달로 돈을 벌라 그래 가지고. 솔직히 13살한테 알바를 시키는 아빠가 어디 있어? 이제 다 망

CARD

했어. 실적도 잘 나오고 있었는데 알바도 못하게 되었잖아. 다음 주에 반대항 피구시합 있는데 그것도 못 나가고. 나 이제 패딩이고 뭐고 아무것도 안 할 거야."

"푹 쉬면 좋아질 거야. 살다 보면 다칠 때도 있고 그런 거지. 이만하길 얼마나 다행이니. 자! 약도 미리 받아왔어!"

아빠가 약 봉지를 나에게 건네며 말했다. 이럴 때 보면 정말 공감능력이라고는 없는 것 같다. 나는 화가 치밀었다.

"새아는 알바 안 해도 좋은 아파트에 살면서 콘서트도 가고, 옷도 비싼 것만 사 입는데…… 나는 이게 뭐야! 아휴 짜증나."

결국 참았던 울음이 터졌다. 묵묵히 지켜보던 엄마가 나를 꼭 안아 주었다.

"우리 머니 많이 속상했구나. 우리 우선 나가서 맛있는 저녁부터 먹고 이야기하자. 엄마가 오늘은 맛있는 스테이크 사 줄게."

"스테이크?"

돈을 버는 시스템

나는 엄마의 부축을 받아 차에 겨우 탔다. 보통은 조수석에 앉지만 오늘은 아빠 옆에 앉기 싫었다. 깁스한 다리 때문에 차에 타는 것도 힘들었다.

"여보. 우리 오늘은 웰스 씨네 가자."

차를 타고 한강이 보이는 도로를 지나 30층 정도 되는 높은 건물 주차장으로 들어섰다. 이 동네에는 죄다 높은 건물만 있었다. 늦은 시간이라 날이 어두운 데도 사무실로 보이는 건물 곳곳에 불이 켜져 있었다.

"에구 아직도 일하느라고 피곤하겠다."

엄마가 불이 켜진 사무실 건물을 보면서 중얼거렸다.

"우리 머니도 돈을 벌어보니 힘들었지? 우리 스테이크 먹고 기분 풀자."

"응. 돈을 버는 건 쉽지 않아."

"어머, 우리 머니가 벌써 철들었네."

조수석에 앉아 있던 엄마가 웃으며 말했다. 엄마는 내가 이미 어엿한 십대라는 걸 가끔 잊는 것 같다.

엘리베이터는 순식간에 30층에 도착했다. 검정색의 높은 문 옆에는 깔끔한 간판에 'Wealth Steak'라고 써 있었다. 청바지에 하얀 셔츠를 입은 아저씨가 문 앞으로 나와서 아빠와 하이파이브를 했다. 아저씨의 손목에서 금시계가 반짝였다. 환하게 웃는 아저씨에게서 뭔가 확신에 찬 분위기가 느껴졌다. 이런 걸 보고 아우라라고 하나 보다.

"오랜만이여! 잘 지냈어?"

아저씨 말투가 특이했다. 아빠 말로는 아저씨 고향이 충청도라서 그렇다고 했다.

"응. 사업은 잘 되지?"

"뭐 그렇지. 제수씨, 이 녀석이 잘해 줘유?"

"글쎄요. 호호."

"머니야, 인사해. 아빠 초등학교 친구 웰스 아저씨야. 여기 레스토랑 사장님이셔. 이 아저씨 아주 부자시다. 이 건물도 아저씨 거야."

아빠 친구들 중에 이렇게 부자 아저씨들이 많은 것은 참 신기하다.

"안녕하세요?"

나는 고개를 숙여 인사했다. 기분이 좋지 않지만, 경험상 이럴 때는 티를 내지 않는 것이 나중을 위해서 좋다.

"머니 반가워. 저기 창가 자리에 앉아. 원래는 영업이 끝났는디 특별히 자리를 낸 거여. 아저씨네 스테이크는 전국에서 아주 유명해."

짙은 색의 나무 테이블에 앉으니 탁 트인 도시 야경이 한눈에 들어왔다. 화려한 야경을 보니 마음이 조금 풀렸다. 레스토랑 벽에는 은은한 조명 아래 연예인 골드머니와 미국 대통령이 다녀가며 찍은 사진이 걸려 있었다. 그것 말고도 유명한 사람들이 스테이크를 먹고 있는 사진이 여러 장 붙어 있었다.

서빙되는 접시에는 구운 버섯, 아스파라거스, 마늘, 치즈가 올라간 통감자 그리고 커다란 스테이크가 놓여 있었다. 아빠를 따라 스테이크 한 조각을 소스에 찍어 입에 넣으니 입안에서 사르르 녹는 것이 이런 거구나 싶었다. 겉은 바삭

하고 속은 부드러웠다. 첫맛은 과자 같은데 씹으면 촉촉한 육즙이 느껴졌다.

감동적인 맛이었다. 메뉴판을 보니 소스는 사장님이 만든 특제옥수수 소스이고, 고기도 저온숙성을 거친 비밀 조리법으로 구워진 것이라고 했다. 순식간에 마지막 스테이크 조각까지 먹고 나자 웰스 아저씨가 아이스크림을 들고 우리에게 왔다.

"머니야, 어때? 아저씨가 10년 전에 직접 개발한 스테이크여. 요즘도 증말 인기가 좋아."

"너무 맛있어서 어떻게 먹었는지도 모르겠어요. 또 먹고 싶어요."

육즙이 가득한 스테이크를 맛보고 나자 속상했던 마음도 가라앉았다.

"너는 나이를 먹을수록 얼굴이 편안해 보인다. 지난 겨울에 시드니는 잘 다녀왔어?"

아빠가 웰스 아저씨에게 물었다.

"응. 따뜻한 크리스마스였지. 그런데 머니 다리는 어쩌다가 다친 거여?"

웰스 아저씨가 나에게 바닐라 아이스크림을 건네며 말

했다.

"머니가 배달 알바를 하거든. 사고 싶은 패딩이 있다고 해서. 오늘 자전거 타고 배달하다가 넘어졌어."

"에이구 많이 아팠겄다. 그래도 돈을 직접 벌 생각을 하고 대견하네."

"네. 감사합니다. 아빠가 시킨 거예요."

나는 아이스크림을 한 스푼 입에 넣었다. 쫀득쫀득하면서 속이 꽉 찬 맛이 아주 좋았다.

"깁스는 언제까지 해야 하는 거여?"

"한 달이요. 이제 조금씩 돈을 벌기 시작했는데 알바도 못하게 생겼어요."

"우리 머니가 어떻게 하면 좋을까?"

아빠는 웰스 아저씨와 나를 번갈아 보며 말했다. 아저씨가 이럴 땐 딸에게 용돈을 듬뿍 줘버리라고 얘기해 줬으면 좋겠다.

"오히려 머니에게 잘된 일인 것 같은디."

"네?"

"다른 방법으로 돈을 버는 경험을 할 수 있자녀. 돈을 버는 데는 크게 두 가지 방법이 있어. 첫 번째가 근로소득이고, 두 번째가 자본소득이여. 근로소득은 일을 한 대가로 돈을 받는 거여. 머니가 배달을 해서 돈을 버는 거나, 회사원이 월급을 받는 거나, 의사 선생님이 병원에서 월급을 받는 거나 금액의 차이는 있지만 모두 근로소득이여. 대부분의 사람들이 근로소득으로 돈을 벌기 시작하지. 하지만, 나중에는 정해진 일을 한 대가로 받는 월급 말고도 다른 소득이 필요하지. 왜 그럴 거 같어?"

"글쎄요. 이렇게 다치면 일을 못 하니까?"

"그려. 그리고 사람은 결국 누구나 늙거든. 평생 일을 할 수는 없는 거여. 이건 자연의 이치지. 그래서 결국 나중에는 두 번째 방법인 자본소득으로 돈을 벌어야 혀. 자본소득은 자본을 통해 돈을 버는 것을 말해. 자본소득은 크게 두 가지로 나뉘어. 하나는 부동산이나 주식을 사서 돈이 돈을 버는 거여. 이건 아직 머니가 하기는 어렵지. 두 번째가 새로운 가치를 만들어 내는 거여. 예를 들어, 포스트잇이나 아이폰처럼 원래는 없었지만, 사람들이 좋아할 만한 혁신적인 물건을 만들어 파는 거지. 아니면 인기곡을 작곡해 저작권료를 받거나, 책을 써서 인세를 받는 방법도 있고."

"그럼 하루종일 일을 하지 않고도 돈을 벌 수 있나요?"

"그럼. 하지만, 그에 상응하는 노력을 해야만 혀. 아저씨가 어떻게 돈을 벌었는지 들어볼텨?"

"아저씨는 원래 요리사여. '스테이크갤러리'에서 8년을 일하고, '코리안스테이크하우스'에서도 3년을 요리사로 일했어. 그때는 새벽 7시에 출근해서 정해진 요리법에 맞게 하루종일 다지고, 튀기고, 볶고, 굽고, 플레이팅을 했어. 하지만 매달 사장님한테 받는 월급이 많지 않았어. 내가 언제 이 월급을 모아서 내 가게를 마련하나 싶었지. 거기다가 나이 들어서 허리가 아픈데도 요리를 계속할 수도 없는 노릇이고."

"그래도 사장님을 보면서 식당을 운영하는 방법을 배운 게 큰 재산은 되었지. 그러면서 전국에서 맛있다는 스테이크집을 모두 찾아가 봤어. 정말로 안 가본 스테이크집이 없을 정도로 여러 스테이크를 먹어보고, 밤새도록 고기를 여러 방법으로 구워보며 최고의 스테이크를 만드는 방법을 연구했어. 그리고 결국에는 '웰스스테이크 레시피'를 개발해서 직접 레스토랑을 차린거지. 소스도 그때 개발한 거여 그 레스토랑이 대박인 난 거지."

"그럼 그때부터는 요리를 안 했나?"

아빠가 웰스 아저씨에게 물었다.

"요리사를 고용해서 내가 개발한 레시피를 알려줬지. 나는 거의 매장 관리를 했어. 맛있다고 소문이 나서 11시에 가게를 열면 손님들이 9시부터 줄을 서서 기다렸어. 하루에 스테이크를 2천 개씩만 딱 팔고 레스토랑 문을 닫았지. 물론 영업이 끝나도 나는 끊임없이 또 다른 좋은 메뉴를 개발하기 위해 연구했어."

"그래서 그때 돈을 제일 많이 벌었나?"

아빠가 다시 웰스 아저씨에게 물었다.

"그렇지. 방송에도 여러 번 나오니까 사람들이 전국 각지에서 먹으러 왔어. 그렇게 '웰스스테이크'는 하나의 브랜드가 되었지. 내가 만약에 지금도 정해진 레시피 대로만 하는 요리사였다면 이렇게 돈을 벌지 못했을 거여. 그거는 하루라도 안 하면 돈이 안 벌리는 일이자녀. 하지만 난 '웰스스테이크'라는 새로운 가치를 만들었어. 그래서 여기까지 올 수 있었던 거여."

"그래. 봉만이도 배달 앱을 개발해서 지금도 수익이 들어오잖아."

"저는 요리를 못해서 스테이크를 못 만들어요."

"꼭 스테이크가 아니더라도 괜찮아. 네가 좋아하는 분야에서 새로운 가치를 만들면 되는 거여."

아저씨는 카운터로 가더니 잡지 하나를 들고 왔다. 잡지 표지에는 '샤넬'이라고 써 있는 옷을 입은 모델이 있었다.

"코코 샤넬이라는 디자이너가 만든 브랜드여. 1900년대 초에는 여자들이 무겁게 장식된 모자에 허리를 꽉 쪼이는 불편한 옷을 많이 입었어. 근데 샤넬이 혁신적인 생각으로 세련되면서도 단순한 모자와 편하면서도 우아한 드레스를 디자인했지. 샤넬이 만든 브랜드는 당시 사람들에게 크게 인기를 끌었어. 샤넬은 세상을 떠났지만, 브랜드 샤넬은 지금도 전 세계적으로 명성이 높아. 이런 것이 새로운 가치로 돈을 버는 방법이여."

"머니는 해리포터 읽었나? 조앤 롤링이 쓴 '해리포터 시리즈'는 전 세계 수십 개국에서 베스트셀러가 되었지. 조앤 롤링은 이야기를 만드는 것을 좋아했지만, 정부보조금으로 어렵게 살고 있었어. 하지만, '해리포터 시리즈' 덕분에 나중에는 포브스가 집계한 2017년 세계 최고 소득 작가에서 1위를 했지."

레스토랑에서 익숙한 노래가 흘러나왔다.

"앗. 멀리 갈 것도 없지. 이 노래는 내가 좋아하는 아이유가 작곡한 거여. 아이유도 사람들이 좋아하는 노래를 만들어서 저작권료를 받자녀. 이런 게 새로운 가치를 만들어서 돈을 버는 방법이여. 새로운 가치를 만들면 시간이 지나도 돈이 들어오는 시스템이 생기는 거여. 직접 일을 하지 않아도 말이여."

"전 아직 뭘 만들어야 할지 모르겠어요."

"괜찮아. 머니가 한 경험에서 시작하면 되는 거여. 배달하면서 뭐 불편한 거는 없었어?"

"음식을 따뜻하게 배달하고 싶은데, 자꾸 음식이 식어요. 그래서 핫팩을 넣고 배달했어요. 아예 보온이 잘 되는 배달가방이 있으면 좋겠어요."

"그거 좋네. 머니가 아이디어 뱅크구먼. 차라리 그 가방을 만들어 파는 건 어떠?"

아저씨는 이렇게 말하면서 시계를 보더니 서둘러 일어났다.

"어라? 벌써 시간이 이렇게 되었네. 마누라한테 혼나겄다. 난 가족들이랑 천문대에 별 보러 가기로 해서 먼저 가볼게."

그렇게 아저씨가 먼저 떠나고 우리는 두둑해진 배를 두드리며 자리에서 일어났다.

"머니야. 아저씨 말대로 배달가방을 만들어보는 것은 어떨까?"

엄마가 레스토랑을 나서면서 나에게 말했다. 지하주차장으로 내려와 아빠가 차 시동을 켰다. 부르릉 소리가 났다.

"여보. 내가 여기 오자고 한 거, 잘했지?"

아빠가 엄마를 보고 활짝 웃었다. 가끔 보면 어른들도 티는 안 내지만 칭찬받는 것을 참 좋아하는 것 같다.

"그럼. 역시 당신이 최고야. 우리 머니는 이번 과제도 잘 해결할 것 같아."

"머니야, 회사에 연락하는 게 좋겠다. 당분간 출근을 하지 못할 테니까. 지금 전화 할래?"

나는 사장님에게 전화를 걸었다. 사장님은 아빠가 미리 얘기해서인지 상황을 알고 있는 눈치였다.

"그래. 그동안 수고 많았어. 실적이 아주 좋았는데 아쉽구나. 오늘까지의 월급이랑 배달수당은 정산해서 계좌로 넣어 줄게. 다리 다친 것 잘 회복하고 나중에 또 보자."

머니의 배달가방

며칠 동안 나는 동대문에 있는 가방가게를 돌아다녔다. 웰스 아저씨의 말과 엄마의 권유가 나를 자극했다. 배달로 버는 근로소득보다 자본소득이 궁금했기 때문이다. 깁스한 다리는 불편했지만 목발을 짚고 걸으면 다닐 만했다. 무엇보다 집에서 가만히 있는 건 너무 좀이 쑤셨다.

예순 곳 정도의 가게를 돌며 배달가방이라는 배달가방은 다 살펴본 것 같다. 각각의 가방을 보고 어떤 점이 좋은지, 보완할 점은 무엇인지 나름대로 정리도 해두었다.

가방가게 사장님들 중에는 어린 나이에 깁스까지 한 상태로 다니는 내가 대단하다며 가방을 만드는 과정을 자세히 알려 주는 분도 있었다. 덕분에 가방을 만드는 방법은 물론, 여러 개의 가방을 만들 때 비용을 줄이는 법까지 많은 정보를 얻을 수 있었다. 아빠는 열심히 돌아다녀야 운도 따라다니는 것이라고 했다. 그 말이 맞는 것 같기도 하다.

원단시장에서 온도를 탁월하게 유지하면서도 가벼운 러시아산 소재를 찾아냈다. 다행히 인터넷을 뒤져봐도 이 소재로 만든 배달가방은 아직 없었다. 배달기사도 부담없이 배달하고, 고객도 따듯하거나 시원한 음식을 배달받으니 좋아할 것 같았다. 내가 심혈을 기울여 설계한 가방은 아래와 같은 강점이 있었다.

1. 초강력 보온보냉이 되는 특수소재

- 러시아산 특수소재를 활용해 차가운 음식은 차갑게, 따뜻한 음식은 따뜻하게 배달한다. 소재가 가벼워 배달이 편하고, 방수도 완벽하다. 음식을 흘리더라도 쉽게 닦을 수 있고, 비가 와도 음식에 들어가지 않는다.

2. 음식을 보호하는 탄탄한 프레임과 자유롭게 나뉘는 칸

- 네모난 가방은 단단한 프레임으로 둘러싸여 있다. 도로에서 흔들리더라도 프레임이 음식을 고정시켜 보호한다.
- 자유롭게 나뉘는 칸이 있어 여러 건의 배달을 할 때 편리하다.

3. 심플하면서도 힙한 디자인

- 힙한 디자인으로 배달을 하면서도 자연스럽게 배달회사를 홍보할 수 있다. 보라색의 부자재를 활용해 눈에 띄게 가방을 디자인했다.

그런데 어디서 가방을 만들지?

문득 50년 동안 가방공장을 해온 할머니가 떠올랐다. 우리 할머니라면 분명 나를 도와줄 거다. 바로 할머니에게 전화했더니 흔쾌히 오케이를 했다. 하긴, 나는 하나뿐인 손주인걸. 어쨌든 이제 내가 그동안 고민하고 연구한 대로 진짜 배달가방을 만들 차례다.

토요일 아침, 거실에서 아빠가 부르는 소리에 잠이 깼다.

"밥바라밥밥밥 머니야 밥 먹자!"

식탁에는 된장찌개와 햄구이, 계란말이, 멸치볶음, 김이 놓여 있었다.

"다리는 이제 좀 괜찮니?"

엄마가 햄을 집어든 나를 보며 걱정스러운 표정으로 물었다.

"거의 다 나은 거 같아. 움직일 때만 살짝 욱신거려."

"머니 축하해. 열심히 가방 만드는 데 빠져 있어서 그런가 회복이 빠른 것 같네."

아빠가 웃으면서 말했다. 이럴 때면 아빠가 진짜 축하하는 건지, 나를 약 올리려는 건지 구분이 안 된다.

"그나저나 우리 머니 월급 얼마 들어왔니?"

"음…… 30만 원쯤?"

"그 돈으로 가방 만드는 데 필요한 재료를 사면 되겠다! 부족하면 아빠가 보태 주려고 했는데 아쉽네. 하하!"

에잇! 괜히 말했다.

"그럼 이제 할머니네 공장으로 가자."

나는 정성을 쏟아 스케치한 그림을 가방에 넣고 아빠 차에 탔다. 30분 정도를 달려 동대문 시장 한귀퉁이의 조그마한 5층 건물에 도착했다. 이 건물 지하가 할머니네 공장이다. 할머니는 청재킷에 진한 청바지를 입고, 캔버스 운동화를 신고 있었다. 머리카락도 갈색으로 염색해 언뜻 보면 아빠보다 몇 살 많은 누나처럼 보이기도 했다.

우리 할머니는 옷을 잘 입고, 바이크를 타고 다녀 동네에서 멋쟁이 할머니로 소문이 나 있다. 요즘에는 공장일에 영어공부까지 한다고 아주 바쁘다. 할머니는 나를 보더니 빠른 걸음으로 달려와 와락 껴안았다.

"웰컴! 우리 손녀딸, 정말 보고 싶었어. 할머니가 따뜻한 붕어빵 사놨다. 뜨거우니까 조심하고 한번 먹어 봐. 아주 바삭해."

따뜻한 팥이 입안 가득 퍼지는 느낌이 아주 좋았다.

"그래서 어떤 가방을 만든다고 했지?"

"배달가방이요. 소재는 여기 있어요."

나는 가방 그림을 할머니에게 내밀었다. 그동안 배달가방을 만들기 위해 발품을 팔며 고생했던 기억이 떠오르며 살짝 떨렸다. 할머니는 내 그림을 자세히 살펴보았다.

"오케이. 멋진데? 여기만 조금 보완하면 바로 작업해도 되겠어. 연구 많이 했구나."

나는 할머니와 작업실에 들어갔고, 아빠는 다른 일을 보겠다며 밖으로 나갔다.

할머니의 작업실은 처음이었다. 작업실에는 재봉틀이 놓인 큰 테이블이 여러 개 있었다. 재봉틀 주변으로 색색깔의 실뭉치와 다양한 천, 가죽 등이 어지럽게 놓여 있었다. 할머니한테서 전문가의 포스가 느껴졌다.

"할머니가 어렸을 때 말이야. 증조할머니가 바느질을 자주 하셨어. 그걸 보면서 나도 뭔가를 조금씩 만들었거든. 그러다가 증조할머니가 돌아가시면서 돈을 벌어야 해서 조그마한 가게를 차렸지. 힘들었지만 가게는 조금씩 커져서 어느새 이런 공장이 되었네? 하다 보니 이 일도 아주 재미있더라고. 그렇게 올해가 50년째야."

할머니는 커다란 뿔테 안경을 쓰더니 재봉틀에서 작업을 시작했다. 두두둑두두둑 소리가 났다. 그동안 나는 작업실을 둘러봤다. 한쪽 벽에 큰 거울이 있고 그 옆에는 예쁘고 젊은 여자가 환하게 웃는 사진이 걸려 있었다. 가만히 보니 할머니 모습이 보였다.

"저거 할머니가 젊었을 때 제주도에 가서 찍은 거야. 너희 할아버지도 만나기 전이었네. 언제 이렇게 나이를 먹었나 몰라. 이제 슬슬 공장을 정리하고 남은 생을 즐기려고 했는데 이렇게 우리 손녀딸에게 도움을 줄 수 있다니 기쁘구나."

할머니는 추억에 잠긴 듯 이야기를 계속했다.

"이 공장이 할머니에게는 보물이야. 과거가 담긴 보물이자, 미래를 위한 보험이지. 나중에 내가 일을 못 하게 되면 이 공장을 팔아서 남은 인생을 즐기면서 살 거야. 사람은 모두 늙는단다. 일할 수 있는 시간은 제한되어 있고. 그건 자연의 이치야. 그러니까 머니도 일하지 못할 때를 대비해서 보물을 만들어 놓아야 해."

할머니는 한동안 재봉틀질을 하더니 자리에서 일어났다.

"머니가 디자인한 그대로 만들었어. 특수소재라 가볍네. 프레임이 있어서 웬만해서는 음식이 흔들리지 않을 거야. 여닫는 부분은 자석으로 했으니 편하고 빠르게 음식을 꺼낼 수 있지. 이 칸이 보온이 더 필요할 때 핫팩을 넣는 곳이야. 크기도 딱 맞지?"

"우와! 제가 그린 그대로네요. 할머니는 정말 프로예요! 이렇게만 만들어 주세요."

"소재는 어디서 구한 거야?"

"저쪽 원단가게에서 개당 만 원 정도에 샀어요. 가방은 2만 원에 팔려고요. 원단비 빼고 남는 돈 만 원 중에서 5천 원을 드릴게요. 나머지 5천 원은 제가 갖고요."

"하하하! 우리 머니가 이제 사업가가 다 되었구나. 그렇게 하자."

사실 내가 이렇게 말해도 할머니가 그냥 공짜로 해 준다고 할 줄 알았다. 하지만 할머니는 타고난 장사꾼이었다.

아무래도 아빠는 할머니를 많이 닮은 것 같다.

"그럼 먼저 가방 10개만 만들 수 있을까요?"

"그래. 안 팔리면 재고로 남으니까 그렇게만 하자."

나는 원단을 재봉틀 쪽으로 옮겨 두었다. 할머니는 본격적으로 작업을 시작했다.

"조금 시간이 걸릴 것 같은데? 머니도 시장 구경이나 하다가 와. 다 만들면 전화할게."

공장 밖으로 나와 조금 걸어가니 대형서점이 보였다. 서점에는 엄청난 책들이 가득했다. 그때 저 멀리 줄무늬셔츠에 청바지 그리고 캡모자를 쓴 익숙한 뒷모습이 보였다. 아빠가 책을 보고 있었다.

"어, 머니야! 금방 왔네? 벌써 가방 다 만들었어?"

아빠는 읽고 있던 책을 책꽂이에 꽂으며 말했다.

"아니. 할머니가 지금 작업하고 계셔."

"근데 만든 가방을 인터넷에 올려 팔아야 하는데 방법은 알고 있어?"

"글쎄."

아빠는 나를 데리고 온라인 판매에 관한 책들이 있는 코너로 갔다. 그러더니 그중 한 권을 건넸다. 표지에는 어떤 아저씨가 컴퓨터 옆에서 티셔츠를 들고 활짝 웃고 있었다.

“이 사장님이 티셔츠를 직접 만들어서 인터넷으로 팔았대. 티셔츠에 손님의 얼굴을 그려 줬나봐. 사업이 아주 잘되었대. 이 책에 자세한 방법이 나와.”

아빠는 책을 들고 카운터로 가더니 선뜻 결제를 했다.

“너를 위한 선물이야. 무슨 일이든 잘하는 방법은 꼭 있지. 시작하기 전에 책이든 인터넷이든 샅샅이 뒤져서 미리 공부하면 돼. 이미 일을 성공적으로 해본 사람의 경험을 들으면 시행착오를 줄일 수 있거든.”

공장으로 돌아오니 어느새 가방 10개가 하나씩 포장되어 있었다.

“우아! 진짜 상품이 되었네요. 할머니.”

“그럼. 가방이 잘 팔렸으면 좋겠구나. 굿럭!”

나는 포장된 배달 가방을 트렁크로 옮겼다. 막상 가방이 완성되니까 내가 잘 팔 수 있을지 걱정이 몰려왔다. 아빠가 운전석에서 내 표정을 유심히 살피더니 말했다.

“한 가지 일에 정성껏 부은 에너지는 사라지지 않아. 멈추지만 않으면 결국 멋진 결과로 나오게 되어 있지.”

그날 이후 나는 며칠 동안 그 책을 읽으며 인터넷으로 물

건을 판매하는 방법을 익혔다. 책에는 인터넷에 가게를 만드는 방법부터 배달업체와 연락하는 방법, 손님을 상대하는 방법 그리고 홍보하는 방법까지 자세하게 나와 있었다. 처음에는 낯선 단어들 때문에 혼란스러웠지만, 책을 몇 번 읽으며 인터넷으로 찾아보니 뿌옇게 낀 안개가 걷히는 느낌이었다. 모르던 것을 알게 되는 즐거움이 바로 이런 건가 보다.

나는 용기 있게 세무서에 가서 몇 가지 서류를 내고 사업자등록까지 마쳤다. 물론 아직 미성년자라서 부모님 동의가 필요했고, 아빠와 함께 꽤 많은 서류를 작성해야 했다. 사업자등록을 했다는 건 내가 정식으로 가게 사장님이 되었다는 것을 의미한다.

며칠 뒤, 드디어 인터넷에 나의 가게를 만들었다. 가방의 이름을 뭘로 할까 고민하다가 떠올린 이름은 '머니의 배달가방'. 그리고 상품설명에 '머니의 배달가방'의 특장점을 간단명료하게 적어두었다. 실제 건물이 없어도 이렇게 장사를 할 수 있다는 것이 정말 신기했다.

인터넷에 배달가방을 검색하면 생각보다 많은 경쟁 상품이 있었다. 하지만 '머니의 배달가방'처럼 우수한 소재와

탄탄한 내구성 그리고 힙한 디자인까지 삼박자를 갖춘 건 없었다. 최저가 순으로 정렬해 보자 가장 싼 가방이 2만 4천 원이었다. 그런데 '머니의 배달가방'은 2만 원. 제일 싸다.

가방을 파는 방법은 간단하다. 고객이 주문하면 내 휴대폰으로 알람이 울린다. 그러면 나는 승인버튼을 누르고 가방을 포장해 집 앞에 두고 배송기사님에게 연락하면 가방이 고객에게 배달된다.

이제 모든 준비가 끝났다.

기지개를 켜고, 밀린 학교 숙제를 하려고 하는데 '위이이잉' 휴대폰이 울렸다.

1건의 주문이 접수되었습니다.

엥? 벌써 팔렸다고?

나는 흥분해서 덜덜 떨리는 손으로 가방을 준비한 상자에 담았다. 그리고 고객의 주소지를 적어 집 앞에 놓아두었다. 생각보다 금방 주문이 들어와 신기했다. 하긴 내 가방보다 기능이 좋고 저렴한 배달가방은 없었으니까. 그동안 열심히 시장을 돌아다니며 배달가방을 연구한 보람이 있었다. 그렇게 일주일 동안 10개의 가방이 모두 팔렸다. 통장 잔고를 확인하고 나는 할머니에게 전화를 걸었다.

"여보세요?"

"응. 머니구나. 장사는 잘 되어 가고 있니?"

"할머니 가방 10개 다 팔았어요. 추가 주문을 해야 할 것 같은데요?"

"오우! 축하한다. 여기까지 오려면 너무 시간을 많이 쓰게 되니까. 주문이 들어오면 할머니에게 문자로 보내 줘. 그러면 내가 공장에서 직접 발송할게."

이제부터 나는 주문이 들어오면 할머니에게 배송지를 보내기만 하면 된다. 훨씬 편해졌다. 가방 하나가 팔릴 때마다 5천 원이 들어온다. 웰스 아저씨가 말한 대로 배달가방이라는 새로운 가치로 돈이 들어오게 한 것 같아 뿌듯했다. 어느 정도 일이 손에 익자, 나는 '머니의 배달가방'을 사람들에게 알리기 위해 정성껏 전단지를 만들었다. 아무래도 관심 있을 만한 사람들이 모여 있는 근처의 배달회사 여러 곳에 붙여두었다.

그렇게 시간이 꽤 흘렀다. 학교에서 수업을 듣는 동안에도, 도서관에서 공부를 하는 동안에도, 내가 밥을 먹고 있는 사이에도 가방은 계속 팔렸다. 그리고 통장으로 돈이 계속 들어왔다. 물론 아주 간혹 환불을 요청하거나, 리뷰에 평점을 낮게 주는 사람도 있었다. 그래도 나는 상처받지 않고 마음을 다독이며 고객의 불편사항을 반영해 가방을 조금씩 업그레이드 해나갔다.

어느 날 통장 잔고를 확인해 보았더니 놀라운 숫자가 적혀 있었다.

9,000,000

"아빠! 이것 봐봐."

나는 은행 앱을 켠 채 아빠에게 달려갔다.

"와우! 가방이 인기가 좋은가 봐."

"직접 배달을 하지 않고도 돈을 벌 수 있다는 게 정말 신기해."

"그렇지? 꼭 긴 시간 동안 힘들게 일한다고 돈을 많이 버는 건 아니지. 우리 머니가 파이프 라인을 잘 만들었구나."

"파이프 라인?"

"오늘은 머니를 축하하는 기념으로 유명한 이야기 한 편을 들려 줄게."

아빠는 갑자기 스피커를 가져오더니 조용한 클래식 음악을 틀었다. 아빠는 나에게 이야기를 들려 줄 때 종종 음악을 틀곤 한다. 분위기가 살아야 한다나? 물론 이런 이야기는 재미보다는 교훈•이 넘치는 이야기일 때가 많다.

"옛날에 한 마을이 있었어. 마을에서는 물이 필요했는데 강까지 거리가 먼 거야. 그래서 강에서 마을까지 물을 길어 나를 사람을 구했어. 많은 청년들이 물통을 들고 강으로 가서 부지런히 물을 길어 마을로 날랐지. 대부분의 청년들은 그렇게 매일 물통을 나르며 만족했어. 물통을 한 번 나를 때마다 5천 원씩 받았거든. 그 돈을 모아서 새 옷도 사고 집도 사려고 했지. 그런데 어떤 청년은 다르게 생각했어."

"어떻게?"

"마을까지 물통을 나르지 않고 물을 얻는 더 좋은 방법을 고민했지. '물통을 나르는 일'은 몸이 아프거나 나이가 들면 더 이상 할 수 없는 일이라는 걸 깨달았거든. 그래서 그 청년은 물통을 나르고 남는 시간에 강가에서부터 마을

• 출처: 버크 헤지스, 〈파이프라인 우화〉, 라인(2015)

까지 물이 바로 이어지는 파이프 라인을 만들기 시작했어. 물론 혼자서 땅을 파고 파이프 라인을 설치하는 일이 쉽지는 않았지."

"마을 사람들은 말도 안 되는 일을 한다며 청년을 비웃었어. 하지만 그 청년은 오랜 시간에 걸친 작업 끝에 파이프라인을 완성했어. 그때쯤 물통을 나르던 사람들은 오랫동안 물통을 지고 다녀 허리가 다치기도 하고, 병에 걸리기도 하고, 나이가 들어 더는 물통을 나를 수 없는 경우가 많았지. 그래서 더 이상 물통을 나르지 못했어."

"파이프 라인이 완성되자 마을에서는 물통을 나를 필요가 없어졌어. 강가의 물을 파이프 라인을 통해 마을에서 편하게 바로 받을 수 있었으니까. 그야말로 혁신이었지. 청년은 그 대가로 큰돈을 벌었어. 거기다가 사람들이 물을 받아 쓸 때마다 수수료를 조금씩 받았거든. 그렇게 한 번 만든 파이프라인에서는 청년이 여행을 떠나든, 잠을 자든, 계속 물이 흘러들었고 돈이 계속 들어왔지."

"그럼 내 배달가방이 파이프 라인 같은 거야?"

"그렇지. 그 배달가방 덕분에 음식을 따뜻하면서도 가볍게 배달할 수 있잖아. 가방을 만들 때는 힘이 들었지만, 지금은 머니가 직접 배달하지 않아도 돈이 들어오지. 이런 파이프 라인이 하나가 아니라 여러 개면 어떨 거 같아?"

"훨씬 많은 돈이 들어오겠네?"

"맞아. 그게 돈을 버는 원리야. 머니가 만약 인터넷이 아니라 가막시장에서 가방을 팔았다면 어땠을까?"

"어, 학교를 못 가고 하루종일 내가 시장에 붙어 있어야겠지."

"그렇지. 머니가 인터넷에서 물건을 파니까 자동으로 판매가 되는 거야. 거기다가 시장으로 갔으면 시장을 지나다니는 사람한테만 가방을 팔 수 있지만 인터넷은 누구나 어디서든 이용할 수 있잖아. 그러니까 전 세계의 더 많은 사람들에게 가방을 팔 수 있는 거지."

설마 아빠는 이런 것까지 다 계산하고 있었던 걸까?

백화점에서 플렉스

900만 원.

내 또래 중에 나만큼 돈을 많이 번 사람이 있을까? 이 돈이면 명품 패딩에 아이폰까지 최신으로 살 수 있다. 제일 비싼 것으로 말이다. 친구들도 모두 부러워하겠지? 이 구질구질한 옷도 오늘이 마지막이다. 나는 드디어 쇼핑을 가기로 마음먹었다. 그때 아빠가 나를 불렀다.

"머니야, 아빠가 잡채 만들어 놓았어. 오늘은 특별히 머니가 좋아하는 소고기도 많이 넣고. 먹고 가."

웬일인지 생일 때나 발휘되는 아빠의 후한 인심이 등장했다. 하지만 오늘은 백화점에서 맛있는 수제버거를 먹을 거다.

"아니야. 오늘은 백화점에서 먹을 거야. 나 부자거든."

"그동안 돈을 못 써서 쌓인 게 많구나. 하하하. 그런데 넌 부자가 뭔지 아직 모르는구나."

돈을 많이 벌었으면 부자 아닌가? 아빠는 나를 부러워하는 것이 분명하다.

나는 아빠에게 혓바닥을 내밀고는 더 럭셔리 백화점으로 향했다. 저번처럼 아빠랑 같이 가면 저건 얼마라고 은근히 잔소리할 게 분명하니 혼자가 편하다. 이번에는 내가 번 돈으로 마음껏 질러야지.

드디어 매장에 도착했다. 양복을 입은 남자 직원이 나에게 다가왔다. 나는 오래된 패딩 로고를 팔로 슬쩍 가렸다. 절대 부끄러워서 가린 것은 아니다. 그냥 내 패딩을 저 양복 아저씨에게 굳이 보여 줄 필요는 없으니까 그런 거다.

입구에 있는 마네킹은 금색 케이프에 청바지를 입고 있었다. 후드가 달린 울 제품이었다. 저번에는 없었던 것 같은데. 아마 새로 나온 모델인 것 같다.

"프랑스 명품브랜드인 르방과 협업해 만든 케이프예요. 포근한 소재에 샴페인골드컬러를 활용해 고급스러움을 더했지요. 한정판으로 나온 모델이라 딱 세 개만 들어왔어요. 그만큼 다른 모델보다 가격대도 높지요."

"얼만데요?"

"273만 원이에요."

양복 아저씨가 친절하게 대답했다. 저 옷을 입고 학교에 가면 친구들이 모두 나를 부러워할 게 확실하다. 저번에 지아나 새아가 입은 패딩보다 훨씬 비싸 보였다. 이거다.

"그거 주세요."

"어, 그런데 부모님께 허락은 받은 거죠?"

아저씨는 나를 다시 한번 쳐다보며 물었다.

"네. 엄마가 생일 선물로 원하는 거 사 오라고 했어요."

나는 최대한 당당하게 말했다.

"절대 후회하지 않으실 거예요."

다행히 내가 체크카드를 내밀자 양복 아저씨는 흔쾌히 계산을 해 주었다. 양복 아저씨는 눈처럼 하얗고 각이 잡힌 커다란 쇼핑백에 옷을 넣어 주며 말했다.

"예쁘게 입으세요. 생일 축하해요!"

나는 그길로 백화점 화장실에 들어가 낡은 패딩을 벗어 버리고, 새로 산 몽클레어 케이프로 갈아입었다. 가볍고 따듯했다. 무엇보다 기분이 짜릿했다. 자신감이 생기는 것 같았다.

이번에는 네 차례다. 고물폰.

10층으로 올라갔다. 휴대폰, 냉장고, TV, 건조기 등 가전 제품들이 멋지게 진열되어 있었다. 모두 새것이라 얼마나 반짝이는지 눈이 부실 지경이었다. 패드와 휴대폰을 파는 매장으로 갔다. 어떤 걸로 고를까 둘러보고 있자, 모자를 쓴 직원 언니가 웃으며 다가왔다.

"휴대폰 사러 왔어요? 마침 따끈따끈한 신제품이 나왔어요. 이번에 나온 27모델이에요."

흰 모자 언니는 유리 진열대에 예쁘게 놓인 휴대폰을 나에게 내밀었다.

"얇고 가볍죠? 카메라 성능이 업그레이드되어서 사진도 엄청 세련되게 나와요."

"얼마예요?"

"205만 원."

나는 흰 모자 언니에게 내 체크카드를 내밀었다.

"아직 미성년자라서 휴대폰을 사려면 부모님 동의가 필요한데, 혹시 통화가 가능할까요?"

설마 엄마가 안 된다고 하지는 않겠지? 이럴 때는 정말이지 빨리 어른이 되고 싶다. 이런 귀찮은 절차 없이 바로 멋지게 폰을 살 수 있을 테니 말이다. 엄마에게 전화해서 폰을 사도 되는지 허락을 받는 것은 영 폼이 떨어진다.

어쨌든 엄마는 의외로 알겠다고 했다. 일하는 중이라 바빠서일까? 아무래도 타이밍을 잘 잡은 것 같다. 흰 모자 언니는 엄마에게 몇 가지 서류를 이메일로 부탁하더니, 얼마 뒤 폰이 개통되었다면서 나를 불렀다.

드디어 고물폰과는 안녕이다. 안 되는 게 있는 건 아니지만, 사진을 찍으면 새 폰만큼 멋지게 찍히지 않았고 배터리도 빨리 닳아서 보조배터리를 늘 들고 다니는 것도 피곤했다. 악세사리 코너에서 내 폰을 보호해 줄 보랏빛 정품 케이스와 영롱한 금색의 별모양 그립톡도 함께 구매했다. 가장 비싼 모델이라 케이스만 15만 원에 그립톡은 5만 원이었다. 평소 같으면 꿈도 못 꿀 금액이었지만, 지금의 나는 과거의 내가 아니다.

명품 패딩에 새 폰을 들고 백화점을 돌아다니는 기분은 정말 짜릿했다. 그러다 1층 명품매장에 있는 운동화가 눈에 띄어 운동화도 한 켤레 샀다. 지금 신고 있는 운동화는 작년 내 생일에 아빠가 사 준 것이다. 아직 깨끗하지만, 백화점에서 놓인 운동화를 보니 도저히 그냥 지나칠 수 없었

Luxury

다. 무엇보다 새 패딩과 폰에 걸맞은 운동화가 필요했다. 마침 새 운동화에 어울리는 코튼 양말도 20퍼센트 할인세일 중이라 할인된 가격으로 최고급 양말 두 켤레를 12만 원에 샀다.

긴 쇼핑으로 허기진 나는 지하로 내려가 눈팅만 하던 아메리칸 스타일의 고급 수제버거를 사서 크게 한 입 베어물었다. 이 맛은 꿈이 아닐까? 매일 이렇게 쇼핑을 하면 얼마나 좋을까? 열심히 일한 보상은 꽤 달콤했다.

늦은 저녁 집으로 돌아오자 엄마는 내가 든 많은 쇼핑백을 보며 입을 다물지 못했다.

"유머니! 너 설마 아직까지 쇼핑하다 오는 거니? 세상에. 아까 휴대폰 산다고 연락 받았는데 패딩에다가 운동화까지 샀구나. 한번에 돈을 너무 많이 쓰는 것 아니니?"

엄마의 잔소리 폭격이 시작될 것 같았다. 나는 답답한 마음에 한숨을 쉬며 말했다.

"엄마, 그만 좀 해. 나 부자야."

"이런, 꼭 필요한 것만 산 게 아니라 충동적으로 이것저것 샀구나? 계속 그렇게 쓰다 보면 감당이 안 될 텐데."

소파에 앉아 있던 아빠가 나를 보고 중얼거렸다.

도대체 뭐가 잘못인지 모르겠다. 돈을 벌어서 쓰고 싶은 곳에 쓰라고 할 때는 언제고 이제 와서 자꾸 간섭하려고 하는 건지.

"이제 중학생이니까 내가 알아서 할 수 있어. 내 지갑은 내가 알아서 할게."

"그래. 네 지갑은 네가 관리하는 게 맞지. 그럼 이제 네 마음대로 해. 언젠가는 너도 독립을 해야 하니까 지금부터 연습하면 좋지."

예상대로 아빠는 쿨했다.

"대신 쓰는 돈은 다 네가 책임져야 해. 그리고 매달 집에서 나오는 관리비의 1/3은 네가 내고, 나가서 밥 먹을 때 네 밥값은 네가 내. 용돈도 네가 다 벌어서 쓰고."

헐, 이런 중대발표를 아무렇지 않게 하다니. 평소 같았으면 당황했겠지만 이제는 괜찮다.

나는 부자니까.

다음 날 아침. 오늘은 드디어 현장학습으로 골드월드에 가는 날이었다. 놀이공원으로 현장학습을 가다니 역시 중학생이 된 보람이 있다. 생일파티 이후로 새아와 나는 공식

적인 베프가 되었다. 새로 산 옷을 입고 가서 새 폰으로 새아랑 사진도 많이 찍어야지.

골드월드 시계탑 앞에서 선생님이 일정을 알려 주었다. 자유롭게 놀다가 3시까지 이곳으로 모이면 된다고 했다. 지켜야 할 규칙과 몇 가지 주의사항도 알려 주는 것 같았지만, 나는 최신 폰의 새로운 기능을 보느라 제대로 듣지 못했다.

새아와 열심히 셀카를 찍고 있는데, 지아와 세진이, 유나 삼총사가 다가왔다.

"어머, 머니야. 옷 새로 샀나 보네. 운동화도 멋있는데?"

역시 지아는 비싼 물건을 알아보는 능력이 있다.

"응. 내가 돈을 아주 많이 벌었거든. 그래서 어제 백화점에 다녀왔어."

"네가 돈을 벌었다고? 얼마나 벌었길래?"

"900만 원."

"뭐? 대단한데? 머니는 돈이 많아 좋겠다."

"아니야 뭘. 기념으로 내가 선물 하나씩 사 줄게."

"정말?"

삼총사가 딱히 좋아서는 아니었다. 그냥 친구들에게 선

물을 마음껏 사 주는 나의 모습이 쿨해 보였기 때문이다. 아, 이러다 인기가 너무 많아지면 어쩌지?

어떻게 알았는지 우리 반 아이들이 하나 둘, 모여들기 시작했다. 나는 어쩔 수 없이 아이들에게 마음에 드는 물건을 고르라고 했다. 고등어 인형, 고래가 달린 열쇠고리, 발레리나가 춤추는 오르골, 호랑이 풍선, 무지개 머리띠, 공룡 티셔츠까지.

밖에 있는 가게보다 확실히 비싸고, 딱히 쓸 데 없어 보이는 물건들이었다. 그래도 친구들이 좋아하니 뿌듯했다. 나는 그렇게 우리 반 20명에게 모두 선물을 사 주었다. 지아, 세진이, 유나는 나에게 고맙다며 큰돈을 번 것이 대단하다고 치켜세웠다. 다른 친구들도 나를 보는 눈빛이 달라진 것 같았다.

놀이기구를 몇 개 타다가 간식으로 츄러스에 치즈핫도그, 구슬 아이스크림, 콜라맛슬러시까지 먹었다. 어느덧 3시가 되어 시계탑으로 달려가자 선생님이랑 친구들이 모여 있었다. 그런데 선생님은 언짢은 표정이었다.

"머니, 너 기념품숍에서 친구들에게 선물을 사 줬다며?"

"네. 제가 번 돈으로 산 거예요."

"그래. 스스로 돈을 번 열정과 친구들을 생각하는 마음은 높이 산다. 하지만 그렇게 돈을 막 쓰면 정말 필요할 때 어려움을 겪을 수 있어. 아무래도 부모님께 연락을 드려야겠구나."

선생님이 부모님에게 전화를 했는지 안 했는지는 잘 모르겠다. 집에 돌아왔을 때 엄마, 아빠는 평소처럼 나를 대했기 때문이다.

나는 그렇게 매일 돈을 썼다. 새로 나온 문구, 악세서리, 화장품…… 종종 수업을 마치면 '더리치피자'에서 친구들에게 피자를 쏘기도 했다.

그런데 이상하게도 처음 백화점에서 옷을 샀을 때처럼 짜릿함은 느껴지지 않았다. 아마 새 물건에 익숙해져서 그런 것 같다. 초콜릿을 하나 먹으면 달콤하지만, 두 개, 세 개를 먹으면 달콤함이 줄어드는 느낌이랄까.

돈을 쓰면 처음에는 즐겁지만, 시간이 가면 기쁨이 줄어 더 비싼 것을 사게 되니 돈을 쓸 때는 조심해야 한다고 아빠가 말한 것이 기억났다. 친구들도 이제는 내가 뭔가를 사주거나 선물해도 딱히 고맙다는 말을 하지 않았다.

일주일 뒤 학교 앞 문방구에서 '레게 스타일의 고라파덕

피규어'를 사려는데 이상하게 체크카드 결제가 되지 않았다. 카드기에는 '잔액이 부족합니다'라고 떠 있었다.

은행 앱을 켜 확인하자, 통장에 잔액이 20원이었다.

그럴 리가 없는데? 설마 내가 900만 원을 다 썼다고?

믿기지 않아 다시 앱에 들어가 사용 내역을 확인해 봤다. 그동안 브랜드 옷, 운동화, 양말, 휴대폰, 친구들에게 사 준 선물, 그밖에 잡동사니 등으로 돈을 다 쓴 것이 맞았다.

놀란 마음으로 집으로 돌아왔다. 방에서 당황스러운 마음을 가라앉히려는데 이제까지 내가 사들인 물건들로 방안이 꽉 찬 것이 보였다. 꼭 필요한 물건도 있었지만 대부분 충동적으로 산 것이었다. 하도 많이 사서 뭘 샀는지 그리고 왜 샀는지도 잘 기억도 나지 않았다.

그래도 괜찮다.

나에게는 '머니의 배달가방'이 있으니까.

휴대폰으로 가방이 잘 팔리고 있는지 확인했다. 생각해보니 요즘 주문 알람이 거의 없었다. 최저가로 정렬하자 '머니의 배달가방'보다 싸게 나온 가방들이 있었다. 경쟁상품이 생긴 것이다. 이런, 큰일이다. 관리비는커녕 당장 밥 먹을 돈도 없었다.

"요즈음 돈 쓰는 재미에 푹 빠져 있더니 표정이 좋지 않네. 무슨 일 있니?"

어떻게 알았는지 아빠가 나에게 다가왔다.

"별것 아니야."

나는 괜히 자존심이 상해 아무렇지 않은 듯 말했다.

"맞다. 오늘 관리비 받는 날이지? 특별히 할인해서 이번 달에는 만 원만 받을게."

"아, 그거 다음에 줄게. 나 영어학원 숙제 오늘까지 끝내야 해서 바빠."

"설마 그 많은 돈을 다 쓴 건 아니지?"

부자라고 그렇게 큰소리를 쳤는데 절대로 돈이 떨어져 난감하다는 것을 인정하고 싶지 않았다.

"많이 쓰긴 했는데 상관없어. 무슨 일이든 해결하는 방법이 다 있으니까."

팔아버린 명품

때로는 나도 내 판단력에 스스로 놀랄 때가 있다. 이번 위기를 넘길 완벽한 방법이다. 조금 아쉽긴 하지만, 중고거래로 내가 산 물건들을 되팔면 된다. 그리고 조금 더 싼 거로 새로 사면 아무 문제가 없다.

나는 새로 산 옷과 운동화 그리고 학용품들을 예쁘게 찍어 당근에 올렸다. 구매한 지 한 달도 안 되었다고 어필했다. 케이프는 273만 원을 주고 샀으니까 만 원 깎아서 272만 원, 운동화는 40만 원이니까 39만 원, 휴대폰은 205만 원이니까 204만 원. 새로 사서 일주일도 안 된 물건들인데 이 정도면 싸게 올린 것 같다. 오늘 안에 연락이 오겠지?

하지만 하루종일 기다려도 답이 없었다. 알림이 고장 난 걸까?

그때 아빠가 내 방문을 똑똑 두드렸다.

"머니, 당근하니?"

"응. 어떻게 알았어?"

"아빠가 중고로 얻을 만한 것 없나 찾아보는데, 네 물건들이 다 올라와 있잖아. 하하하. 그런데 너무 비싸게 올린 거 아니니?"

"아니야. 산 지 일주일도 안 된 거란 말이야."

"하하하. 감가상각을 반영해야지 그렇게 비싸게 올리면 누가 연락이 오겠니?"

"감가상각? 그게 뭔데?"

"원래 물건은 사는 순간부터 그 가치가 점점 떨어지는 거야. 273만 원짜리 옷이라고 하더라도 여기 봐봐. 입었던 흔적이 있고, 며칠 전에 가위질하다가 끝에도 살짝 긁혔잖아. 그러니까 272만 원이 아니라 한 30만 원에 올리면 팔릴 수도 있겠네."

"뭐? 그러면 내가 엄청 손해 보는 거잖아."

"어쩔 수 없지 뭐. 그러니까 꼭 필요한 것만 사고, 나머지는 가치가 올라가는 자산을 샀어야지."

며칠이 지나도 내 당근 알림은 조용했다. 나는 가격을 조금씩 내리다가 결국 아빠가 말한 30만 원까지 가격을 내렸다. 그러자 어떤 아저씨가 사 갔다. 나는 어쩔 수 없이 다른 상품들도 내가 산 가격의 반도 안 되는 가격에 팔았다. 그것도 얼마나 사용했는지, 기스 난 곳은 없는지 하도 자세하게 채팅으로 물어보는 바람에 너무 피곤했다. 어쩔 수 없이 상태가 좋지 않은 물건들은 팔지 못했다.

"머니, 당근에 있는 거 많이 내려갔더라? 다 팔았어?"

폰을 보던 아빠가 말했다. 아빠는 내가 당근에 올린 물건들만 계속 보고 있었나 보다. 사 주지도 않을 거면서.

"응. 큰 거는 많이 팔았어."

"그랬구나. 그래서 얼마 들어왔어?"

"50만 원."

"우와! 900만 원이 50만 원이 되는데 한 달도 안 걸렸네. 하하하. 850만 원짜리 부자 체험 어땠어?"

아빠는 이미 이렇게 될 것을 예상한 사람 같았다. 기분이 상했지만, 딱히 반박할 말이 없었다. 나는 못 들은 척 방으로 들어와 버렸다.

다음 날, 체육시간이 끝나고 화장실에서 옷을 갈아입을

때였다. 세면대에서 지아, 세진이 그리고 유나 삼총사가 떠드는 소리가 들렸다.

"너네 뮤뮤에서 카드지갑 새로 나온 거 봤어? 저번에 블랙핑크가 인스타에 올렸더라. 나도 사고 싶은데 용돈을 다 써버렸네."

"그럼 머니한테 사달라고 해. 머니는 돈이 많잖아."

"그래도 되나? 그건 좀 미안하지 않나?"

"야, 뭐가 어때서 그래. 친구끼리 좀 사 줄 수도 있지. 머니는 돈이 많으니까 괜찮아. 우리 오늘은 즉석떡볶이 사달라고 하자."

잘못 들었나 싶었지만, 분명히 내 이야기였다. 친구들은 내가 돈 나오는 구멍인 줄 아나 보다. 뒷담화라고 하기에는 애매하지만, 내 돈 이야기를 하며 시시덕거리는 것을 들으니 기분이 영 별로였다. 이제 그만 사 줘야지. 어차피 돈도 없다. 적당히 화장실 안에 앉아 있다가 삼총사가 나간 뒤 교실로 돌아왔다. 새아가 나를 보더니 내 쪽으로 걸어왔다.

"머니야, 오늘 우리 집에 놀러올래? 할 말이 있거든."

"뭔데?"

"이따가 이야기해 줄게."

새아 엄마는 나를 보더니 활짝 웃으며 안아 주었다. 오늘따라 왜 이렇게 반가워하시지?

"머니야, 우리 새아가 단짝 친구가 생겨서 좋아했는데 이제 머니랑도 얼마 남지 않았구나."

"네?"

"새아가 아직 얘기 안 했니? 새아가 다음 달에 전학을 가게 되었어."

"전학이요?"

"응. 집에 사정이 생겨서 먼 동네로 가거든."

"그래서 오늘은 머니 주려고 수제 당근 케이크를 만들었단다."

새아와 함께할 수 있는 시간이 얼마 남지 않았다니. 그럼 난 이제 누구랑 놀지……?

당근 케이크를 먹고 있는데, 현관문이 열리는 소리가 들렸다. 새아 아빠였다. 지난번 새아 생일 때와는 분위기가 완전 달랐다. 아저씨는 기운이 없어 보였고, 얼굴색도 좋지 않았다.

새아 엄마와 아빠가 들어간 방에서는 이런저런 소리가 들렸다.

"집이 좁아져서 새아가 속상해 하려나? 새아한테는 좋은 것만 해 주고 싶었은데."

"잘 얘기하면 새아도 이해할 거야. 가족인데 같이 이겨내야지. 우선 재정상담사가 알려 준 대로 해 보자. 그래도 그쪽 집은 여기보다 훨씬 저렴하니까 거기서 다시 열심히 벌고, 저축하면 빚은 몇 년 안에 다 갚을 수 있을 거야."

아, 그래서 요사이 새아의 기분이 좋지 않았구나. 나는 그제야 이해가 되었다. 요사이 돈 쓰는 데 푹 빠져서 한동안 새아와 제대로 이야기할 시간도 없었다. 새아는 말이 없었다. 위로를 건네고 싶었지만 딱히 뭐라고 해야 할지 몰라 입을 다물었다.

베프가 전학 가 버리는 건 아쉬웠지만, 이런 게 어른들이 말하는 어쩔 수 없는 상황인 걸까 싶어 이해해 보려고 했다. 오늘은 화려한 새아네 아파트도, 멋진 차도, 고급 옷들도 부럽지 않았다. 집으로 가는 데 횡단보도 건너편에서 아빠가 나를 향해 손을 흔들고 있었다. 초록불이 켜졌다.

"머니! 잘 놀다왔어?"

"응. 근데 새아 전학간대."

"엥? 왜?"

“언뜻 들었는데 좀 싼 동네로 이사 간대. 새아네가 아주 여유로운 것은 아니었나 봐.”

“아빠도 예전에 빚 갚느라고 고생 좀 했는데. 새아네 부모님도 새아를 행복하게 해 주고 싶어서 그러셨을 거야. 빚 갚고 다시 열심히 일하면 나중에는 더 잘될 수도 있어.”

아빠는 또 과거의 추억이 떠올랐나 보다.

“눈에 보이는 게 전부는 아냐. 비싼 옷을 입는다고 다 부자는 아니거든. 저렴한 옷을 입는다고 다 가난한 것도 아니고. 사람마다 돈을 쓰는 곳이 다른 거지. 자산이 수백 억인데도 검소하게 사는 페이커나 수조 원이 있지만 60년 된 집에 사는 워렌 버핏이 가난하다고 볼 수는 없잖니. 진짜 부자인데 검소하게 살면서, 나중을 위해 다른 데 돈을 쓰는 경우도 많아.”

“어디에다?”

“앞으로 가치가 오르는 자산을 사겠지.”

“가치가 오르는 자산?”

“응. 뭔지 보러 갈래?”

돈을 벌면 꼭 사야 하는 것

차를 타고 10분 정도 갔을까? 어딘가 익숙하다 했더니 웰스 아저씨 가게였다. 스테이크집 앞에는 웨이팅을 하는 사람들이 많았다. 내가 머뭇거리자 아빠는 예약해 놓았다며 안으로 들어갔다. 입구에서 검정색 주방 유니폼을 입은 웰스 아저씨가 손님들을 안내하고 있었다. 웰스 아저씨는 요리를 하지 않는다고 했는데 아무래도 저 옷은 컨셉인 것 같다. 아저씨는 우리를 보고 멀리서 손짓했다.

"어서 와. 역시 내 스테이크를 한 번 맛보면 다시 올 수밖에 없지. 특별히 창가 쪽 예약석을 비워 놓았어."

스테이크는 역시 맛있었다. 식사를 마칠 무렵 웰스 아저씨가 밀크쉐이크를 들고 와 내 옆자리에 슬며시 앉았다.

"우리 머니는 돈 많이 벌었어?"

"그럼! 900만 원을 벌었는데 벌써 다 썼어. 우리 딸 씀씀이가 대단하쥬?"

아빠가 나를 보고 웃었다.

"와, 통도 크다. 900만 원을 진짜 다 쓴 거여?"

"옷, 운동화, 양말, 최신 폰 그리고 이것저것 좋아 보이면 바로 사고, 또 친구들 선물도 사 주느라고 다 썼대. 그래도 당근으로 물건을 되팔아서 지금은 50만 원 정도 남았어."

"하하하. 꼭 너 젊을 때 생각난다. 지금이야 성공했지만 예전에 카드 막 쓰다가 그거 막느라고 밤새도록 일했자녀."

갑자기 아빠가 아저씨의 입을 티슈로 틀어막았다.

내가 밀크쉐이크를 바라보고 있으니 아저씨가 쉐이크를 내 쪽으로 슬며시 건넸다.

"머니가 돈 버는 법을 알았는데, 지키는 법은 아직 몰랐나벼."

"돈을 지키는 법이요?"

"그려. 돈은 눈치가 빨라. 자신을 지키지 못할 사람이다 싶으면 다 도망가는 거여."

"돈을 어떻게 지키는데요?"

"저축이지. 쓰고 남은 돈을 저축하는 게 아니라, 저축을

먼저 하고 남은 돈을 쓰는 거여. 그러면 저축한 돈이 스스로 일을 하게 되어 있어."

"돈이 스스로 일을 해요?"

"돈을 은행에 넣으면 스스로 이자를 먹으면서 일을 하는 거여. 이자율이 연 5퍼센트라고 혀봐. 100만 원이 1년 후에는 104만 원 정도 돼. 원래는 105만 원인데 세금 때문에 조금 빼야 하는 거여. 여기서 복리의 마법이 발휘되지. 복리는 원금뿐만 아니라 '이자에 대한 이자'를 주는 거여. 쌓인 이자에 다시 이자가 붙는 거지.

두 번째 해에는 104만 원에 또 이자를 먹겠지? 처음에는 커 보이지 않지만, 시간이 지날수록 그 차이는 엄청나. 20년이 지났다고 혀 봐. 그러면 100만 원이었던 돈이 244만 원이 되어 있는 거여. 그렇게 돈이 스스로 일하면서 눈덩이처럼 쌓이는 거여. 만약 머니가 번 900만 원을 은행에 넣어 두었으면 40년 후에는 5,741만 원 정도 되어 있었을 거여. 그렇게 모인 돈은 종잣돈이 되어 더 큰돈을 벌어다 주는 거지. 돈을 버는 것도 중요하지만, 번 돈을 지키고 불리는 것도 아주 중요한 거여."

"그럼 아저씨도 번 돈을 저축해요?"

"고럼. 반은 무조건 저축한 다음 모아서 쇼핑을 하지."

"쇼핑이요?"

역시 아저씨도 쇼핑을 좋아하나 보다.

"응. 근데 나는 가치가 올라가는 걸 주로 사."

"가치가 올라가는 거요?"

"내가 지난 번에 스테이크로 돈을 벌었다고 말했지? 근데 내가 부자가 된 이유는 하나 더 있어."

웰스 아저씨가 속삭였다.

"그게 뭔데요?"

나는 쉐이크를 한 모금 마셨다.

"레스토랑으로 매달 들어오는 돈이 1,000만 원이면, 임대료로 매달 200만 원이 나갔어."

"임대료가 뭐예요?"

"건물을 빌리는 비용. 건물 주인이 레스토랑을 하는 공간을 나한테 빌려 주자녀. 그 대가로 내가 매달 200만 원을 건물 주인에게 주었거든. 그래서 그동안 모은 돈이랑 은행에서 빌린 돈으로 건물을 사 버렸지. 그 건물은 5층짜리였어. 그러고 나서 1층부터 4층까지를 다른 사장님들에게 빌려 줬지."

"공짜로요?"

"당연히 아니지. 공간을 빌려 주는 대신 매달 돈을 받았어. 한 층당 한 달에 200만 원씩. 그렇게 점포가 4곳이었으니까 얼마여?"

"800만 원이요."

"그렇지. 그때부터는 건물 청소에 엘리베이터, 주차관리까지 신경 쓸 것이 많았어. 보일러가 고장나거나 물이 새면 또 이리저리 고생했지. 하지만 매달 돈이 들어오는 파이프가 또 생긴 거자녀. 사장님들도 장사를 할 만한 깨끗하고 안전한 공간이 필요하거든. 나는 그런 공간을 빌려 주는 대가로 돈을 받은 거여."

"그렇게도 돈을 벌 수 있군요."

"그려! 내가 저번에 자본소득에는 두 가지가 있다고 했지? 새로운 가치를 만드는 거랑 돈이 돈을 버는 것. '머니의 배달가방'이 새로운 가치를 만든 것이라면, 이건 돈이 돈을 버는 원리여. 그렇게 한 7년쯤 지나니까 그 건물의 가격이 두 배가 되었고."

"어떻게요?"

"물가는 계속 오르거든. 내가 어렸을 때는 짜장면 한 그

릇이 500원이었어. 하지만 지금은 싼 곳도 6천 원이여. 짜장면 가격이 오르는 것처럼 자산의 가격도 오르는 거지. 주말마다 나는 온 동네를 돌아다니며 어느 골목에 사람들이 많이 다니는지 지켜봤어. 손님이 많아지니까 더 큰 매장이 필요했고, 스테이크가 더 잘 팔릴 만한 곳이 있을 것 같았거든. 원래 내 건물을 두 배의 돈을 받고 팔고 모아둔 돈을 보태 이 빌딩을 사서 레스토랑을 옮겼어. 도심에 있고, 사람들이 많이 다니는 곳이라 그런지 이 빌딩은 시간이 지나면서 점점 가치가 더 빠르게 올라가고 있지. 이런 게 바로 시간을 먹고 자라는 자산이여. 난 보통 이런 것을 쇼핑하러 다녀."

"와!"

나는 나도 모르게 박수를 쳤다.

"이런 건물뿐만 아니라 유망한 회사의 주식도 쇼핑하기 좋지. 회사에서 제품을 만들고, 직원들에게 월급을 주려면 돈이 필요하거든. 그래서 주식을 발행해서 돈을 마련해. 사람들이 그 회사의 주식을 사면 회사의 주인이 되는 거여. 주주라고 하지. 회사가 성장하면 내가 샀던 주식의 가격도 올라. 내가 투자한 돈이 회사에서 열심히 일을 한 결과지.

그러면 나는 오른 주식 가격만큼 돈을 벌고 그러면서 경제도 성장하는 거여."

"그럼 아무 건물이나 주식을 사도 되는 거예요?"

"물론 욕심을 내서 아무 자산이나 막 사면 안 되지. 그러다가 돈을 잃을 수도 있어. 사려는 회사나 건물에 대한 정보를 꼼꼼하게 살펴보고 신중하게 공부해서 먼 미래의 가치를 보고 사야 하는 거여."

"아저씨는 빌딩에다 주식도 가지고 있는 거예요?"

"그럼! 내가 투자하는 주식이 어떻게 자라나고 있는지 보여 줄게."

웰스 아저씨는 휴대폰을 열어 그래프 하나를 내밀었다.

"이거는 미국에서 가장 큰 500개 회사의 주식 가격의 흐

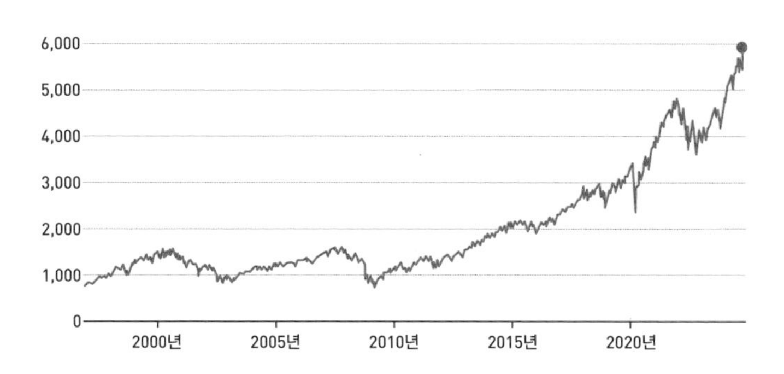

름이여. 점점 오르는 게 보이지? 나는 매달 버는 돈으로 이 흐름을 따라가는 주식상품을 꾸준히 조금씩 사고 있어. 그러니까 미국에서 가장 우량한 500개 회사에 나눠서 투자하는 거여. 여러 종류의 주식을 하나의 바구니에 넣어서 사는 상품이기 때문에 하나의 회사에 투자하는 것보다는 안전혀. 또 가장 우량한 회사들이기 때문에 경제상황에 따라 오르락내리락하기는 해도 결국 길게 보면 올라가게 되어 있어. 내가 투자한 돈은 이렇게 기업에서도 열심히 일을 하며 자라나고 있는 거여."

나는 웰스 아저씨의 말에 귀를 기울였다.

"돈을 벌면 이런 자산을 먼저 사는 거여. 내 돈이 스스로 자라나는 것을 구경하면 아주 뿌듯혀. 그런데 머니는 몇 살까지 살까?"

"그야 모르죠."

"머니가 컸을 때는 수명도 더 늘어나겄지? 그러면 일하지 않는 노인으로 지내는 기간도 더 길어질 거여. 100살까지 산다고 하면 100살까지 일할 수 있을까?"

"힘들어서 못할 것 같은데요."

그때 옆에 있던 아빠가 덧붙였다.

"그렇지. 은행에 저금한 돈, 좋은 입지의 부동산, 미래가 유망한 회사의 주식과 같은 자산은 현재의 가치보다 미래의 가치가 더 큰 법이야. 그래서 그때를 위해서라도 미래를 대비하는 자산을 먼저 사는 게 좋아. 그리고 나중에 더 여유가 생기면 사고 싶었던 물건을 사도 늦지 않지. 돈을 쓰는 것 자체가 나쁜 건 아니야. 저축을 하고 남은 돈 안에서 필요한 물건을 사는 것은 괜찮지. 누군가는 소비를 해야 경제가 돌아가니까. 다만, 미래를 고려하는 소비를 하는 게 좋다는 거야. 미래 자산의 가치가 올라가면, 인생에서 훨씬 선택할 수 있는 폭이 넓어지거든."

위이잉. 테이블에 놓인 휴대폰에서 진동이 울렸다. 가만 보니 내가 예전에 쓰던 것과 같은 옛날 모델이었다. 누가 아직도 저런 골동품을 쓰나 봤더니 웰스 아저씨의 휴대폰이었다. 웰스 아저씨는 찾던 운동화를 누가 당근에 싸게 내놓았다며 서둘러 나갔다.

웰스 아저씨는 다른 사람들의 시선을 신경 쓰지 않는 것 같았다. 진짜 부자라서 그런가? 어쩌면 나는 진짜 부자가 아니었기에 친구들에게 부자로 보이고 싶어 돈을 막 쓴 것은 아니었을까?

"머니야, 설마 네가 당근으로 헐값에 팔았던 물건을 웰스 삼촌이 사간 건 아니겠지? 하하하."

옆에 있던 아빠가 말했다. 나는 뜨끔했다. 가끔 아빠는 이상하게 내 생각을 잘 읽을 때가 있다.

"아빠, 이런 건물 사려면 얼마 정도 있어야 해?"

"음. 이런 건물은…… 한 700억?"

"오마이갓."

자본주의 세상에서

그날부터 아빠는 자본주의 세상을 구경시켜 준다며 나를 데리고 서울의 이곳저곳을 돌아다녔다. 내가 돈을 번 이후 항상 더치페이를 주장하던 아빠는 웬일인지 나에게 아이스크림도 사 주었다. 아빠는 물 만난 물고기처럼 신나 보였다.

그러면서 주변의 아파트나 건물의 가격이 얼마인지 맞춰보라며 퀴즈를 냈다. 처음에는 터무니 없는 가격을 말하곤 했지만, 시간이 지날수록 정답에 가까워졌다. 아빠는 서울에 있는 많은 건물의 가격을 정확하게 알고 있었다.

영화관이 있는 높은 건물에 간 적이 있었다. 아빠는 1층 도넛 가게 주인 아저씨와 한참 이야기를 나눴다. 내가 옆에서 심심해 하자 주인 아저씨는 나에게 초코크림 도넛을 건

냈다. 초코크림이 잔뜩 들어간 도넛은 아주 달콤했다.

그러더니 요즘 경기가 좋지 않아 아빠가 이번 달 가게 임대료를 받지 않았다며 고마운 분이라고 했다. 어, 이건 뭐지? 갑자기 내 인생이 생각보다 편해질 것 같은 느낌이 들었다. 하지만 옆에 있던 아빠는 이 건물은 노후자금이라며 나의 희망을 싹둑 잘라버렸다.

건물을 나와 골목으로 들어가는데 어떤 할아버지가 폐지를 줍고 있었다. 전봇대 옆에 쌓아둔 과일박스를 주워 박스가 가득 담긴 리어카 위로 올리는데 리어카가 무게를 못 이겨 박스들이 와르르 쏟아지고 말았다.

"어르신, 괜찮으세요?"

아빠는 재빨리 바닥에 떨어진 박스를 주워 할아버지의 리어카에 실어 올렸다.

"고맙네. 오늘은 운이 좋군. 이만큼이나 주웠다니까. 내가 지금 여든인데 대단하지?"

할아버지는 리어카를 보여 주며 아빠에게 자랑했다.

"이걸 저기 고물상에 가져다 주면 킬로그램당 100원을 받아. 오늘은 10킬로그램은 될 테니 천 원은 벌 수 있겠군."

"힘들지 않으세요?"

"할 수 없지. 돈이 어디 하늘에서 떨어지나. 나이가 들어도 매달 나가는 돈은 있으니. 자네도 미리미리 준비를 잘 해 두게."

그러면서 할아버지는 건너편으로 리어카를 끌고 갔다.

아빠와 나는 화려한 빌딩이 가득한 곳을 지나 아파트로 둘러싸인 조용한 동네로 왔다. 아빠는 2층짜리 작은 건물 앞에 멈춰 섰다.

"머니야, 저 건물 예쁘지?"

"아이스크림 가게 있는 건물?"

"응. 얼만데?"

"한 10억?"

몇몇 사람들이 1층에서 아이스크림을 들고 나왔고, 2층에는 영어학원 간판이 보였다. 아빠는 그 건물이 지하철역과 아파트 사이에 있어서 지나다니는 사람이 아주 많다고 했다. 시간이 지나면 돈의 가치는 떨어지고, 좋은 입지의 땅값은 결국 올라가기 때문에 이런 자산을 사두는 것이 좋다고. 필요없는 물건들을 충동적으로 사는 것보다 좋은 선택이라고 말이다. 하지만 지금 내 통장의 돈은 50만 원이다. 한 100만 년 후면 살 수 있으려나.

"머니에게 눈에 딱 보이는 목표가 있으면 좋을 것 같아서 와봤어. 아빠는 30살에 돈을 마구 쓰는 바람에 빚이 2억이나 있었지. 그래도 다시 사업으로 죽어라 돈을 모아 도넛 빌딩을 산 거야. 그런데 넌 이제 13살이잖아. 그러니까 뭐든 할 수 있어. 우선 다시 가방을 팔아보자."

아빠는 내가 30살 어른인 줄 아나보다. 하지만 문득 저 건물에서 민트초코아이스크림을 마음껏 퍼먹고 있는 내 모습이 그려졌다.

집으로 돌아와 '머니의 배달가방'에 새로 들어온 주문이 있나 확인했다. 하지만 경쟁 상품이 많아진 탓인지 주문 건수는 0건. 당근으로 물건을 팔아 번 돈이 조금 있지만, 관리비에 밥값을 내면 한 달 안에 남은 돈도 바닥이 날 것이다. 빌딩이고 뭐고 당장 먹고 살길이 막막했다.

번창하는 가방사업

카톡이 울렸다. 사촌오빠가 또 카톡방에 유튜브 링크를 올린 것이다. 사촌오빠는 작년에 아기를 낳은 뒤부터 유튜브를 시작했다. 종종 영상을 카톡방에 올리고는 누가 '좋아요'를 안 눌렀는지 다 확인했다. 영상에는 사촌오빠의 아들인 5개월 된 아기가 모빌이 돌아가는 것을 신기한 듯 쳐다보고 있었다. 그런데 생각보다 조회수가 높았다. 10만 회. 그래, 이거다!

가방을 알리는 방법으로는 맞춤이다. 유튜브로 영상만 잘 만들어 올리면 공짜로 '머니의 배달가방'을 많은 사람들에게 알릴 수 있다. 나는 사촌오빠에게 도움을 받아야겠다는 마음으로 바로 '좋아요'를 누르고 댓글을 정성스럽게 달았다. 오빠는 성격이 아주 까칠하다. 하지만 비위를 잘 맞

추면 잘 도와주기도 한다.

나는 오빠에게 전화를 걸어 아기가 모빌을 보는 눈빛이 남다르다고 칭찬을 한바탕 늘어 놓았다. 그러고는 나의 가방을 홍보해야 한다고 한숨을 쉬었다. 아니나 다를까. 오빠가 먼저 유튜브로 올려보는 것은 어떠냐고 제안했다. 이런 방식으로 도움을 요청하는 것은 내가 아직 학생이기 때문에 할 수 있는 특권인 것 같다.

그렇게 일주일 동안 오빠에게 영상을 찍어 편집하는 방법을 배웠다. 오빠는 한 번 설명하고, 잘 못 알아들으면 짜증을 내는 성격이라 배우기가 쉽지 않았다. 그래도 공짜로 가방을 홍보할 수 있으니 꾹 참고 배웠다. 오빠는 나에게 카메라도 빌려주었다. 조건은 내가 얻은 수익의 5퍼센트를 오빠에게 주고, 오빠의 채널을 주변 사람들 10명에게 구독시키는 것이었다.

드디어 촬영일. 나는 '할머니와 손녀가 함께 만드는 배달가방'을 컨셉으로 영상을 만들기로 했다. 아침 일찍 카메라를 들고 할머니네 공장으로 향했다.

"머니! 오늘 스타일이 멋진데? 먼저 원단시장으로 가자."

이번 영상의 핵심은 재봉틀로 가방을 만드는 과정과 만

든 가방으로 배달하는 장면을 통해 '머니의 배달가방'의 장점을 자연스럽게 보여 주는 것이다.

업로드한 영상은 생각보다 반응이 좋았다. 오빠의 구독자가 원래 많기 때문이기도 하지만, 말괄량이 같은 10대가 직접 가방을 만들고 배달하는 장면이 신선했는지 응원하는 댓글도 많이 달리고 조회수도 벌써 10만 가까이 되었다. 방에서 기쁨을 만끽하고 있을 때, 거실에서 전화벨이 울렸다.

"엄마! 그게 말이 된다고 생각하세요?"

아빠의 목소리였다.

"그러면 언제 돌아오실 건데요?"

통화내용을 듣던 엄마도 덩달아 놀랐다. 아빠가 나를 급하게 불러 전화를 바꿔 주었다.

"네. 할머니."

"머니! 할머니가 1년 동안 세계일주를 할 거야. 친구들이랑 지금 공항에 와 있어."

"네?"

"미리 얘기를 못 해 미안하다. 너네 아빠가 말릴까 봐 그랬어. 하지만 이번이 할머니 인생에서 길게 떠나는 마지막 여행일지도 모르거든. 그래도 홍보 영상을 다 찍어놓아서 다행이다. 가방은 공장 언니에게 말해 놓았으니 언니가 처리해 줄 거야. 그럼 나중에 보자!"

올해 75살인 우리 할머니는 어렸을 때부터 세계여행을 가는 것이 꿈이었다고 한다. 그런데 봉제 공장을 하면서 아빠와 삼촌들을 키우느라 꿈을 미뤄 왔단다. 이제 여유가 생겼으니 그동안 모아놓은 돈으로 세계여행을 떠나 넓은 세상을 보고 싶다는 거였다. 그래서 영어공부도 열심히 한 거라고. 아빠는 어떻게든 할머니를 설득하려고 했지만 이미 공항에 있는 할머니를 막을 수는 없었다.

며칠 후 나는 쓸쓸한 마음으로, 할머니네 공장에 들렀다. 작업실 재봉틀 위에는 통장 하나와 편지가 놓여 있었다. 편지봉투에는 '머니에게'라고 적혀 있었다.

사랑하는 손녀딸 머니야.

요즘 배달사업을 하느라고 힘들지? 너희 아빠가 그냥 용돈을 줄 리도 없고 사업자금은 필요할 것 같아 여기에 남긴다. 다음부터는 돈을 벌면 막 쓰지 말고, 잘 지켜야 해. 그래야 원하는 대로 인생을 살 수 있어.

할머니는 세계를 돌아볼 생각을 하니 너무 설렌다. 우리 머니도 하고 싶은 것 마음껏 하며 인생을 행복하게 살았으면 좋겠어. 할머니가 그동안 머니에게 들어온 이익금을 조금씩 모아 놓았단다. 원단 사는 데 보태서 쓰렴. 할머니는 '머니의 배달가방'이 꼭 잘 될 거라는 걸 알고 있어. 사랑한다.

- 머니를 엄청 사랑하는 할머니가

역시 할머니는 내 마음을 잘 안다. 500만 원이면 가방 원단을 사기에는 충분하다. 나는 아빠가 내 소중한 사업자금을 밀린 생활비로 가로채기 전에 잽싸게 통장을 챙겼다.

며칠 뒤, 유튜브 계정으로 이메일이 하나 도착했다. 미국의 배달회사 'Delivery Star'에서 온 메일이었다. 보이스 피싱인가 싶었지만, 검색해 보니 실제로 미국에서 꽤 큰 배달회사였다. 메일주소도 정확했다.

대표님, 안녕하세요?

저희는 이제 창립 7년차인 미국의 배달회사입니다. 저희 회사에서는 '머니의 배달가방' 영상을 보고, 샘플을 주문해 이용해 보았습니다. 그리고 긴 회의 끝에 '머니의 배달가방'을 본사의 배달가방으로 이용하기로 결정했습니다. 저희 회사에서 이용할 배달가방을 대량으로 주문하고자 합니다. 확인하시고 답신 바랍니다.

-Delivery Star

'머니의 배달가방'을 미국 배달회사에서 이용하기로 했다고? 야호! 세상에 이런 일이! 나는 떨리는 마음으로, 우선 대량으로 가방을 제작할 수 있는지 확인하기 위해 할머니네 공장의 언니에게 연락했다. 공장 언니는 한 달이면 만들 수 있다고 흔쾌히 대답했다.

그렇게 나는 한 달 동안 언니와 함께 배달가방을 만들고 발송에 필요한 서류를 아빠와 함께 정리하느라 정신 없이 보냈다. 그나마 여름방학이라 다행이었다. 어쨌든 무사히

약속한 날짜에 항공기 화물로 가방을 발송하고 나니 너무 힘들어서 며칠 동안 꼼짝도 할 수 없을 지경이었다.

그리고 얼마 뒤 나는 통장을 확인해 보았다.

100,000,000

와우. 예전에 같았으면 사고 싶었던 물건을 마음껏 사고 친구들에게 자랑하느라 바빴을 것이다. 하지만 이제 쇼핑해야 할 것이 따로 있다. 시간을 먹으며 자라는 자산을 살 돈이 모일 때까지는 우선 이율이 가장 높은 은행에 넣어 복리의 마법을 발휘할 것이다.

게다가 내 메일함에는 해외에서 보내온 주문이 몇 건 더 도착해 있었다.

한강더힐

날씨가 아주 좋았다. 거실에서는 한강 너머의 롯데타워가 선명하게 보였다. 이른 아침이라 그런지 강변북로에는 아직 차가 많지 않았다. 창밖을 보며 20분 정도 스트레칭을 하자 몸이 개운해졌다. 냉장고를 열어 딸기치즈폭탄아이스크림을 꺼냈다. 이 아이스크림은 달콤하지만 생각보다 열량은 얼마 되지 않는다. 부드러운 치즈가 입안 가득 퍼졌다. 달콤한 아이스크림은 언제나 옳다. 역시 어른이 된다고 입맛까지 어른이 되지는 않나 보다.

얼마 전 한강더힐로 이사 왔다. 요즘에는 인테리어를 하는 즐거움에 푹 빠졌다. 내가 정말 한강더힐로 이사 오게 될 줄이야. 역시 사람은 꿈이나 목표가 중요하다.

가방사업은 아주 성공적이었다. 미국으로 보낸 'Delivery star'에서 반응이 좋아 연달아 전 세계 배달회사들과 계약을 맺을 수 있었다. 통장 잔고는 그렇게 계속 불어났다.

물론 나는 더 이상 불필요한 물건을 사며 부자 행세를 하지 않았다. 돈이 들어오면 우선 은행에 넣어 이자를 먹였다. 이자를 먹은 돈은 점점 불어나는 속도가 빨라졌다. 그렇게 3년 뒤, 나는 아빠와 찜해둔 작은 빌딩을 살 수 있었다. 그리고 그 빌딩에서는 매달 월세가 나왔다.

또 틈날 때마다 '머니의 배달가방'에 대한 경험을 블로그에 글로 썼다. 그 글을 읽은 출판사에서 연락이 와서 책을 출간하게 되었고, 책 판매도 꽤 잘 되었다. 내 책은 미국에 판권이 팔려 미국에서도 번역 출판되었고, 뉴욕타임즈 베스트셀러에도 잠깐 올라갔다. 아무래도 13살부터 돈을 벌었던 나의 콘텐츠가 신선했기 때문일 거다. 책 판매 인세도 꼬박꼬박 통장에 쌓여가고 있다.

학교 공부에도 최선을 다했다. 엄마는 공부에도 때가 있다고, 학생일 때 최선을 다해 공부를 하는 것이 자신을 업그레이드시키는 가장 큰 투자라고 했다. 그래야만 나중에 하고 싶은 직업을 선택할 수 있다나? 나는 꿈꾸던 대학의 광고홍보학과에 합격했다. 열정을 다해 사람들에게 메시지를 효과적으로 전달하는 법을 공부했고 지금은 전공을 살려 큰 광고 회사의 기획자로 일하고 있다. 다양한 아이디어를 보며 영감을 얻고, 간결하면서도 매력적인 광고를 만들기 위해 끊임없이 연구 중이다. 요즘 TV에 자주 나오는 '미래자동차'의 광고가 바로 내 작품이다.

미래자동차는 얼마 전 수소차 개발에 성공했다. 친환경 에너지인 수소를 활용하면서도 효율이 높고 충전까지 편리해 이제 거리에서도 쉽게 수소차를 볼 수 있다. 그게 나랑 무슨 상관이냐고? 덕분에 10년 전에 내가 사 두었던 미래자동차의 주식이 30배로 올랐다. 경제뉴스를 꼼꼼히 읽고 수소차의 무한한 가능성에 투자한 것이 결실을 거둔 것이다. 게다가 이 회사는 내가 투자한 대가로 회사가 번 이익을 배당금으로 나눠 준다. 그 수익도 꽤 쏠쏠하다.

나에게는 주식 배당금, 임대료, 책 판매 수익 그리고 가방 판매 수익이 들어온다. 거기에 회사를 다니며 열심히 버는 연봉을 합해 꾸준히 시간을 먹으며 자라는 자산을 사들이고 있다. 그러니 언젠가 나이가 들어 일을 못 하게 되더라도 걱정은 없다.

그러고 보면, 돈은 자유가 아닐까? 내가 살고 싶은 집에서 하고 싶은 일을 하며 입고 싶은 옷을 입고, 가고 싶은 곳에 가는 자유. 나는 매년 휴가 때면 새로운 나라에서 맛집투어를 하곤 한다. 작년에 튀르키예에서 먹었던 카이막과 하와이에서 먹었던 치킨의 맛을 아직 잊을 수가 없다. 올해는 홍콩에서 부드러운 밀크티와 바삭한 타르트를 맛볼 계획이다.

이렇게 먹을 걸 좋아하는 내가 요즘 가장 집중하고 있는 디저트는 바로 아이스크림이다. 웬 아이스크림이냐고? 작년에 내 건물 1층에 아이스크림 가게를 차렸기 때문이다. 나는 건강에 좋은 아이스크림을 만들어 팔려고 레시피를 개발 중이다. 어렸을 때부터 나는 아이스크림을 아주 좋아했는데, 엄마가 몸에 좋지 않다고 해서 하루 1개밖에 먹지 못했던 것이 너무 아쉬웠다. 그래서 브로콜리, 토마토 등 몸에 좋은 채소가 들어가면서 맛까지 훌륭한 아이스크림을 만들고 있다. 아이스크림 레시피를 개발하는 데 성공하면 나에게는 또 하나의 파이프 라인이 생기는 셈이다.

아참, 오늘은 보육원 축제가 있는 날이다. 나는 10년 전부터 한 달에 한 번 보육원으로 봉사활동을 가고 있다. 아이들에게 동화책을 읽어 주고, 날씨가 좋으면 잔디밭에서 축구도 한다. 처음에는 어색했지만 아이들과 보내는 시간은 점점 나에게 힐링의 시간이 되었다.

봉사활동을 처음 시작한 이유는 진짜 부자로서의 책임감 때문이었다. 어느 책에서인가 부자라면 사회적 책임감을 느껴야 한다는 글귀를 읽었다. 그래야 더 행복해진다고. 맞는 말인 것 같다. 내가 부자가 될 수 있었던 건 열심히 했기 때문이기는 하지만 분명 운도 따라 주었기 때문이다. 나는 그 부분을 사회와 나누어야 한다고 생각한다.

축제에서 내가 만든 토마토아이스크림을 나눠 주려고 아이스박스에 하나씩 예쁘게 포장해 두었다. 아이들이 좋아하겠지?

텔레비전에서는 뉴스가 나오고 있었다. 그런데 익숙한 얼굴이 눈에 띄었다.

헛? 아빠?

믿기지가 않아 눈을 비볐다. 진한 눈썹에 까만 뿔테 안경, 환하게 웃고 있는 눈 그리고 두터운 입술. 분명 아빠가 맞았다. 아빠는 기자와 인터뷰를 하고 있었다.

"보육원에 사상 최대 금액인 100억을 기부하셨어요. 기부를 하게 된 특별한 이유가 있었나요?"

"경제적인 이유로 자신의 꿈을 펼치지 못하는 아이들에게 기회를 주고 싶었어요."

"어떻게 그렇게 큰돈을 모으실 수 있었나요?"

"특별한 건 없어요. 돈을 벌고, 아끼고, 좋은 자산을 사는 거죠."

"아이들에게 하고 싶은 말씀이 있을까요?"

"하하하. 어린이 여러분, 화이팅이요!"

아빠는 쑥스러운 듯 웃으면서 인터뷰를 마쳤다.

'역시 우리 아빠야.'

나는 미소를 지으며, 보육원으로 출발했다. 그런데 현관문 앞에 상자가 하나 배달되어 있었다.

머니에게.

아이들에게 줄 선물은 이 안에 하나씩 포장해 두었으니 가지고 가렴. 좋은 기운도 듬뿍 나눠 주고.

돈은 자신을 귀하게 여기는 사람을 따라간단다. 그리고 가치 있는 일에 쓰이면 더 크게 돌아오지. 그러니 언제나 돈을 아껴

주며 의미 있게 쓰도록 해.

아빠는 한 달간 엄마랑 스위스 여행을 떠난다. 너도 다 커서 사회에서 제 역할을 하고 있으니, 엄마와 둘이 오붓하게 시간을 보내고 싶구나. 너에게 말하면 따라올까 봐 편지 한 장만 남겨놓고 떠날게. 그동안 잘 지내고 다음 달에 보자. 머니 파이팅!

P.S. 아, 그동안 네가 낸 우리집 관리비는 이 봉투에 모아두었어. 의미 있는 일에 잘 쓰였으면 좋겠다.

- 세상에서 머니를 가장 사랑하는 아빠가

나중에 알게 된 사실을 덧붙이자면, 부모님은 예전부터 한강더힐에 살고 있었다. 하지만 내가 유치원에 들어오면서 나에게 부족함을 알려 주기 위해 잠시 세를 주고 낡은 빌라로 이사를 온 것이다. 그래야 스스로 채우려는 마음이 들 거라고.

처음 이 사실을 알았을 때는 놀라기도 하고 황당하기도

했다. 어릴 때는 모든 걸 아껴써야 해서 늘 부족함을 절절히 느끼게 한 아빠에게 섭섭할 때도 많았다. 부자 친구들이 부럽기도 하고, 용돈을 마음껏 쓰고 싶기도 했다. 하지만 지금 생각해 보면 아빠 덕분에 돈을 다루는 방법을 알게 되어 정말 다행이었다고 생각한다.

아빠는 늘 말했다. 세상은 원래 불공평하다고. 누구는 여유로운 부잣집에서 태어나고, 누구는 당장 끼니 걱정을 하는 가난한 집에서 태어난다고. 하지만 우리에게 공평하게 주어지는 건 딱 하나, 시간을 지혜롭게 쓰면 누구나 부자가 될 수 있다고 했다. 시간이 가장 중요한 자산이라고. 금쪽같은 시간을 절대 낭비하지 말라고.

긍정적인 시선으로 끊임없이 새로운 것을 배우고 새로운 가치를 만들어 내면 생각보다 행복한 인생이 펼쳐진다. 그러고 나면 돈은 자연스럽게 따라온다.

작가의 말

해맑게 수다를 떨던 아이들이 '돈'에 대해 부정적으로 말하는 모습을 본 적이 있습니다. 그리고 문득 우리 어른들이, 삶에서 가장 중요한 부분 중 하나인 '돈'에 대한 이야기를 피하기만 하고, 제대로 알려 주지 못한 것은 아닐까 하는 생각이 들었습니다. 그래서 저는 10대들이 '돈에 대한 긍정적인 마음'을 바탕으로 '자본주의 사회에서 스스로 돈을 벌고 지키는 방법'을 배우는 데 도움을 주고자 이 책을 쓰게 되었습니다.

우리 삶은 돈과 밀접하게 연결되어 있습니다. 돈이 없으면 돈까스를 사 먹지도 못하고, 고마운 사람에게 선물도 하기 어렵고 심지어는 아플 때 치료를 받을 수도 없지요. 너무 당연해서 평소 인식하지 못하지만, 우리가 살아가는 대부분의 순간에는 돈이 들어갑니다. 돈은 안정된 삶에 꼭 필요한 수단이지요. 그래서 돈을 현명하게 다루는 능력은 누구에게나 중요합니다.

물론 우리에게는 다른 중요한 가치들도 많이 있습니다. 친구 간의 우정, 부모님의 사랑, 깨끗한 자연환경 같은 것은 돈으로도 살 수 없는 소중한 가치들이지요. 하지만 삶에서 만나는 수많은 문제를 해결하기 위해서는 돈이 꼭 필요합니다. 또 돈이 있으면 많은 순간에 내가 진정으로 원하는 선택을 할 수 있는 자유가 생깁니다.

그렇다면 어떻게 돈을 벌고 지킬 수 있을까요?

우선 '삶에 대한 긍정적인 마음'이 있어야 합니다. 그리고 주어진 시간을 지혜롭게 쓰는 겁니다. 내가 하는 일에 열정을 다하며, 새로운 것을 배우고, 세상이 원하는 가치를 만들어 내면 됩니다. 그렇게 번 돈을 아끼고, 현명하게 불리는 거예요.

이 책은 주인공 머니가 시행착오를 거쳐 부자가 되는 이야기를 담고 있습니다. 평범한 명랑소녀 머니가 아빠의 도움으로 돈의 흐름을 이해하고, 돈을 제대로 다루게 되는 과정을 보면서 여러분도 돈에 관심을 갖고, 아끼고, 시간을 현명하게 쓴다면 멋진 부자가 될 수 있다는 마음을 갖게 되기를 바랐어요.

어떤 직업을 갖든 돈의 의미와 흐름을 아는 것은 매우 중요합니다. 언젠가 여러분이 부모님으로부터 독립해 스스로 살림을 꾸려나갈 때 이 책이 조금이나마 도움이 되었으면 합니다. 그리고 더 커서는 똑똑하게 돈을 벌고, 모으고, 불려서 경제적인 자유를 이룰 수 있기를 진심으로 응원합니다.

끝으로, 이 글이 세상에 나올 수 있도록 믿어 주시고 어루만져 주신 봄마중 출판사의 편집부와 생명을 불어 넣어 주신 그림작가님께 감사를 드립니다. 또 바쁜 와중에도 늘 저를 믿고 응원하며 함께 고민해 준 사랑하는 남편과 건강하게 자라 준 딸에게도 진심을 담아 감사의 인사를 전합니다.

안예원

봄마중 청소년숲

명랑소녀, 자본주의에서 살아남기

초판 1쇄 발행 2025. 1. 25.

지은이 안예원
발행인 이상용 이성훈
발행처 봄마중
출판등록 제2022-000024호
주소 경기도 파주시 회동길 363-15
대표전화 031-955-6031
팩스 031-955-6036
전자우편 bom-majung@naver.com

ISBN 979-11-92595-99-3 43810

값은 뒤표지에 있습니다.
잘못된 책은 구입한 서점에서 바꾸어 드립니다.
본 도서에 대한 문의사항은 이메일을 통해 주십시오.

봄마중은 청아출판사의 청소년·아동 브랜드입니다.